책으로 날다

책으로 날다

초판 1쇄 인쇄 _ 2018년 8월 25일
초판 1쇄 발행 _ 2018년 9월 1일

지은이 _ 김규동, 김도유, 김두정, 김정은, 김종무, 문지영, 박선희, 박혜정, 박혜진, 박효경,
   백 미, 성유진, 우선영, 이소연, 이은희, 이정선, 임정아, 임채선, 지학운, 한지선

펴낸곳 _ 바이북스
펴낸이 _ 윤옥초
책임 편집 _ 김태윤
책임 디자인 _ 이민영

ISBN _ 979-11-5877-057-0 03810

등록 _ 2005. 7. 12 | 제 313-2005-000148호

서울시 영등포구 선유로49길 23 아이에스비즈타워2차 1005호
편집 02)333-0812 | **마케팅** 02)333-9918 | **팩스** 02)333-9960
이메일 postmaster@bybooks.co.kr
홈페이지 www.bybooks.co.kr

책값은 뒤표지에 있습니다.
책으로 아름다운 세상을 만듭니다. ─ 바이북스

독서를 통해 삶이 바뀐 사람들의 이야기

책으로 날다

김규동 · 김도유 · 김두정 · 김정은 · 김종무
문지영 · 박선희 · 박혜정 · 박혜진 · 박효경
백　미 · 성유진 · 우선영 · 이소연 · 이은희
이정선 · 임정아 · 임채선 · 지학운 · 한지선

바이북스
ByBooks

아침을 여는 Reader, 창원의 Leader!

"아침을 여는 Reader, 창원의 Leader!"라는 슬로건으로 '창원 나비'를 만들어 주셔서 고맙습니다.

지학운 회장님을 비롯해 '창원 나비' 임원 및 운영진과 섬기는 손길들에게도 감사를 드립니다.

독서 모임을 만들고 운영하는 것은 쉽지 않습니다. 새벽마다 머릿수를 세고 빈자리를 안타까워하고 간식이며 책상 배열, 자료 준비 등등. 그 바쁜 와중에 회원들의 글을 모아 책을 만들었습니다. 스마트폰 중독에 스크린 중독 등 읽는 것도 어려운 시대에 읽는 것In-put 넘어 글Out-put로 써서 책으로 만드는 대단한 쾌거를 이루셨습니다.

'창원 나비'를 통해 책을 읽고 토론하면서 보고, 깨닫고, 적용한 보통사람들의 특별한 스토리가 오롯이 담겼습니다. 변화, 치유, 습관, 성장의 키워드로 스무 명 나비 선배님들의 놀라움과 감동, 기

4

적이 담겼습니다.

최근 몽골에 다녀왔습니다. 이틀간 16시간 세미나를 열었고, 몽골 게르_{유목민 이동주택} 도서관과 소외 지역 작은 도서관을 방문했습니다. 한글 동화책과 몽골어 책 500여 권을 기증했습니다. 게르 도서관에 들어서는 순간 이삼십여 명의 어린아이들이 동화책을 너무도 진지하게 집중해 읽고 있었습니다. 산등성이 게르 천막촌에는 아이들이 갈 곳이 전혀 없다고 합니다.

까맣게 때 낀 손가락을 짚어가며 한 줄 한 줄 읽어가는 아이들. 그 반짝이는 눈망울과 목마른 갈증이 지금도 눈에 선합니다. 도서관에 매일 가고 싶지만 일주일에 이틀만 문을 연다고 합니다. 한 달 운영비 10만 원이 없어서…… 가슴이 먹먹해지고 눈시울이 뜨거워집니다.

2009년, 독서 모임 '양재 나비'를 만들며 대한민국에 10만 개, 전 세계 100만 개 독서 모임을 만들겠다는 뜻을 세웠습니다. 대한민국에 500여 개가 생겼습니다. 기적입니다. 상해 나비, 북경 나비, 시카고 나비, 런던 나비, 몽골 나비 등 해외에도 교민을 중심으로 나비 모임이 생기기 시작했습니다. 어메이징 미라클입니다.

'창원 나비'의 씨앗이 장차 수백, 수천의 열매를 거두면 좋겠습니다. 우리가 하는 일의 열매가 다른 사람의 나무에서 열리길 소망합니다. 다시 한 번 지학운 회장님과 열아홉 저자님에게 축하와 축복의 말씀을 전합니다.

강규형

(사) 대한민국 독서포럼나비 회장

㈜ 3P 자기경영연구소 대표

책을 만나다

책을 많이 읽는다고 모두 성공하는 것은 아니지만 성공한 사람들은 어김없이 책을 읽었다고 말한다. 나 역시 성장에 대해 항상 목이 말랐고, 책으로 갈증을 풀고 싶었다. 안타깝게도 기존의 독서 모임에서는 내가 얻고자 하는 바를 제대로 얻지 못했다. 수준 차이도 심했고 책 읽는 깊이도 달라 적극적으로 참여하기가 쉽지 않았던 탓이다.

자기 계발 위주의 독서 모임을 찾던 중 독서포럼 '나비'를 만나게 된다. 감사일지를 쓰는 사람들의 전국모임인 땡큐 페스티벌이 경기도 여주에서 열리게 되어 참석차 대구에서 카풀을 하게 되는데 여기서 꿈벗 컴퍼니 박대호 대표와의 필연적인 만남이 이뤄진다.

여주까지 가는 차 안에서 동승했던 사람들끼리 "나비, 나비"라는 대화를 주고받는데, 궁금해서 묻지 않을 수 없었다.

"나비가 뭐예요?"

곁에 앉은 사람이 기다렸다는 듯 답해준다.

"나로부터 비롯된 변화의 줄임말이에요. 독서 모임이죠."

'아, 그런 모임이 있구나'라며 잠시 생각하고 있는데, 이번에는 "단무지, 단무지"라며 또 낯선 단어를 주고받는다. 이번에도 참지 못하고 물었다.

"단무지는 또 뭐죠?"

"단순 무식 지속적으로 책 읽고 강연 듣는 나비인들의 전국모임이에요."

알고 보니 박대호 대표도 대구에서 '꿈벗 나비'라는 독서 모임을 운영하고 있었다. 여주에서 1박 2일간 땡큐 페스티벌 행사를 마치고 내려오는 길에 '꿈벗 나비'와 책에 대한 이야기를 주고받았다.

씨앗도서 한 권이 사람의 인생을 달리할 수 있다는 박 대표의 말이 가슴에 남았다. 대구에 도착 후 박 대표에게 식사를 제안했고 흔쾌히 응해준 덕분에 그와 오랜 시간 귀한 대화를 나눌 수 있었다. 한마디도 놓치고 싶지 않아 그가 하는 이야기를 낱낱이 메모했다.

한 달 뒤, '꿈벗 나비' 독서포럼에 참석해 모임을 어떻게 운영하는지 직접 보고, 2주 뒤 '단무지' 행사에도 참석해 전국의 나비인들과 함께 2박 3일을 보내면서 그들의 성장 스토리와 강연을 들었다. 변화는 그렇게 시작되었다.

마지막 날 아침 나비회장단 모임이 있었는데, 나는 아직 독서 모임을 운영하고 있지는 않았지만 '예비회장' 자격으로 모임에 참석해 기존 회장들의 독서 모임 운영 노하우를 들을 수 있었다. 그리고 다가올 9월 10일, '창원 나비' 첫 날개짓을 펼치겠다고 공표하게 된다.

2016년 9월 10일, '창원 나비'라는 이름으로 첫 모임을 주최했다. 10~15명 정도의 인원이라도 참석하면 좋겠다는 기대를 품었는데, 우려와는 달리 첫 날 48명이 참석해 모두를 놀라게 한다.

생각지도 않게 많은 분들이 참석해주셔서 부득이 장소를 옮길 수밖에 없었고, 전문 모임공간을 마련, 지속적인 모임을 갖게 된다.

이렇게 시작된 독서포럼 '창원 나비'는 월 2회 격주로 토요일 아침 7시 시작한다.

"아침을 여는 Reader, 창원의 Leader!"

직접 만든 슬로건이다.

토요일 아침 7시는 일주일간의 피로가 몰려 잠의 유혹을 뿌리치기 힘든 시간이다. 7시까지 참석하려면 적어도 5~6시에는 일어나야 한다. 웬만한 열정과 의지 없이는 꾸준한 참석이 어렵다. 하지만 '창원 나비'는 시간이 갈수록 참여 인원이 늘어났고, 지금까지 성장하고 변화하는 회원들의 모습을 눈으로 확인할 수 있게 되었다.

시간이 지나면서 하나씩 만들어진 소모임이 다양해졌다. 나비 봉사단, 인문학 날개를 달다(인날다), 논어 마음공부(논어의 한 구절을 읽고 본깨적), 러너스 나비(건강달리기 모임), 3차에 걸쳐 진행된 다이어트 모임 더빼다(더하기 빼기 다이어트), 와튼스쿨 토탈리더십 코칭(34개 예제 나눔), 나비 라이딩(자전거 하이킹) 등 나에게 맞는 소모임을 통해 친분을 두텁게 하고 성장하는 데 가속도를 낼 수 있게 되었다. 이렇게 창원 나비는 창원을 넘어 전국을 대표하는 독서 모임으로 자리 잡아가고 있다.

2018년 올해는 '책의 해'이기도 하다. 하지만 대한민국 국민의 독서량은 세계적으로 저조한 것으로 알려져 있다. 전 세계 192개국 중에서 166위로 조사되었다. 2016년 우리나라 사람 10명 중 4명이 책을 한 권도 읽지 않은 것으로 나타났다. 게다가 인터넷과 스마트폰으로 인해 독서 시간과 양은 갈수록 줄어들고 있다.

창원 나비에서는 "북on 폰off" 캠페인을 진행하고 있다. 어느 순간 우리에게 너무 많은 시간을 앗아가고 있는 스마트폰을 잠시 끄고 책에만 집중하는 시간을 갖기 위해 자기만의 시간을 정하고 읽은 책의 내용을 간단하게 정리해 댓글로 올리는 형식이다. 이 캠페인을 통해 많은 회원들이 책 읽는 시간을 확보하게 되었다.

나비독서포럼은 '본깨적' 독서법을 기본으로 한다. '본깨적'은 책을 읽으면서 본 것, 깨달은 것, 적용할 것으로 나누는데, 가장 중요한 것은 바로 실제 삶에 적용할 내용이다. 천 권, 만 권의 책을 읽었다고 자랑하는 것은 쓸데없는 가벼움이다. 그렇게 많은 책을 읽고도 변화된 것이 없다면 책을 읽은 의미가 없기 때문이다.

단 한 권의 책을 읽더라도 그 책을 통해 내 삶을 변화시킬 점을 찾고 실제 변화를 경험하는 것이 중요하다. 읽은 책에서 적용할 점은 3P바인더로 옮겨 실행할 수 있도록 한다. 이렇게 시스템이 체계적으로 갖춰져 있으니 책과 바인더를 통해 빠른 시간에 변화를 경험한 회원들이 매우 많고, 지금도 매 순간 늘어나고 있는 현실이다.

창원 나비는 아침 7시부터 9시까지 행사를 진행하는 2시간 동안의 '시스템'이 있다. 맥도날드가 전 세계적으로 성공할 수 있었던 이유가 시스템 덕분이었듯, 창원 나비 역시 서울 양재 나비를 베이스로 한 시간활용을 토대로 시스템을 갖춰가고 있다.

처음 창원 나비 도서 선정은 양재 나비에서 발표한 추천도서 목록 중에서 '내가 읽고 싶은 책' 위주로 선정했고, 이후에는 운영진과 회의를 통해 선정했으며, 지금은 도서선정 위원회를 발족해 운영진과 테이블 리더가 함께 토론을 통해 도서를 선정하고 있다. 그리고 자기 계발 위주의 도서를 비롯한 건강도서와 시집, 동화책 등 다양하게 도서의 폭을 넓혀가고 있다.

참여하는 모든 회원들이 각자의 본업이 있음에도 불구하고 이렇듯 많은 일들을 진행할 수 있는 이유는 든든한 운영진과 테이블 리더들의 희생, 그리고 참여하는 모든 이들의 책을 읽고자 하는 의지와 열정 덕분이다.

삶의 변화가 필요하다고 느낀다면, 성장하고 깨우치는 깊이 있는 삶을 살고 싶다면, 적극적으로 책을 읽으라고 권하고 싶다. 익숙지 않아 혼자 읽기 힘들고, 독서하겠다는 결심이 작심삼일로 끝나는 사람이라면 언제든 독서포럼 창원 나비와 함께하기를 진심으로 바란다.

　책을 읽고 달라진 회원들의 이야기를 책으로 엮었다. 이만큼 달라졌다고 자랑하고 뽐내기 위해서가 아니다. 변화를 경험한 실제 이야기들이 세상에 전해져 단 한 사람이라도 '읽는 삶'에 동참할 수 있다면 더 바랄 것이 없겠다는 마음이었다.

　책 읽는 삶이야말로 이 시대 우리가 바로 설 수 있는 유일한 길임을 확신한다.

지학운(독서포럼 창원 나비 회장)

———

지학운 | 현대자동차 카마스터, 작가, 독서포럼 창원 나비 회장. 인생인테리어 강연기획. 행복하게 성장할 수 있게 도움을 주는 사람.

—
아무것도 생각할 수 없었던
나의 생활에 독서가 앞으로의
다른 꿈을 꾸게 해줄 밑천이 되어 주었다.

제 1 장

세상에서 가장 아름다운, "변화"

임정아 · 박선희 · 김종무 · 우선영 · 김정은

삶을 대하는
자세가 달라졌다

임 정 아

아침 독서의 힘

농사꾼의 딸인 나는 어린 시절을 시골에서 보냈다. 아침에 늦잠을 잔다는 건 있을 수 없는 일이었다. 직장을 다니고 결혼을 하고 아이를 낳고도 나는 늘 아침잠과 싸워야 했다.

그랬던 내가 아침 독서를 하면서부터 삶이 달라지기 시작했다. 새벽 5시 전에 깨어나 30분 독서, 30분 글쓰기, 30분 운동을 매일 실천하고 있다. 좋아하는 음악을 들으면서 하루를 시작한다.

'아침이 오는 그 소리에~'

늘 듣는 음악이다. 아침 밥상을 세 번 차려도 짜증이 나지 않는다.

"엄마 나는 오늘 그냥 갈래."

"안 돼, 태어날 때부터 예뻤던 우리 딸, 아침 먹자."

"그래? 알았어. 그럼 먹을게."

일주일에 한두 번 겨우 아침을 차려주던 엄마가 매일 아침을 챙기니 아이들도 한결 밝아졌다. 중학생인 큰아이와 둘째가 가장 먼저 아침을 먹고, 이어서 초등학생인 막내가 아침을 먹고 등교하면 세 번째 아침상은 남편과 나의 차례. 평소 뉴스를 보거나 스마트폰을 보던 우리 부부도 지금은 아침마다 신문을 본다.

"나 요즘 하브루타 부모교육 책 읽잖아, 여보."

"응, 열심히 보더라."

"그래서 말인데 우리도 가족 독서 시간 좀 갖자."

"가족 독서? 우리 늘 하고 있는 거 아닌가?"

"아니 수요일이나 금요일 저녁 중 하루를 정해서 같은 책을 보고 이야기를 나누는 건 어떨까?"

아침마다 뉴스를 통해 흘러나오는 사건, 사고 소식에 같이 흥분하던 대화는 사라지고, 이제 모든 대화는 책으로 연결된다.

초등학생 막내는 사회 과목을 어려워해서 역사책을 함께 읽고 아빠와 이야기를 나누는 시간을 갖게 되었다. 아빠와 함께 이야기하고 어려웠던 내용은 질문하고 다시 정리하는 식이다. 처음에는 어려워했지만 시간이 지나면서 일주일에 한 번, 아빠와의 대화 시간을 기다리게 되었다.

가족의 대화도 많아지고 서로를 이해하는 마음도 표현하고 독서가 주는 변화는 생각보다 컸다. 우리 집에는 '초4병'도 없고 그 힘들다는 '중2병'도 보이지 않는다. 중 3인 큰아이도 아빠와 대화하기를 즐기고 엄마와의 스킨십도 좋아한다. 오히려 내가 피곤하거나 힘이 들면 안아주고 위로해주는 속 깊은 아이들이 되었다. 엄마가 변하니 아이들도 같이 변한다. 다른 사람보다 일찍 하루를 열고 늘 책을 가까이 하는 엄마의 모습을 보여주니 아이들은 엄마를 신뢰하기 시작했다.

"엄마, 난 작가가 될래."

큰아이의 꿈이다. 글을 쓰는 엄마를 닮아 책을 좋아하고 글 쓰는 것을 즐긴다. 아이의 꿈을 응원한다. 엄마와 딸이 나란히 작가로 살아가는 것. 나와 같은 꿈을 꾸는 딸이 있어 든든하다.

회사에 늘 지각하던 나쁜 습관도 버렸다. 요즘은 10분 일찍 회사에 도착해서 전산도 점검하고 하루를 미리 준비하니 시간에 쫓기지도 않고, 동료에게 커피 한 잔 건넬 여유도 생겼다. 그러다보니 성과도 저절로 좋아지고 있다.

동료들은 하나같이 표정이 밝아졌다며 살이 빠졌다며 부러워한다.

"비결이 뭐야?'

"음…… 글쎄……."

늦게까지 TV 보지 말고 일찍 잠들고 일찍 일어나 아침 독서를 할 것. 자신 있게 권하고 싶다.

아침 독서를 하면 당신의 인생이 달라진다. 매일 아침 눈을 뜰 때 상쾌한 기분으로 하루를 시작할 수 있다. 꼴 보기 싫었던 상사도 고아보이고, 의견이 분분하던 동료들과도 이제는 이해하며 말을 끝까지 들어주는 좋은 습관이 생겨났다. 책을 글로만 읽는 것이 아니라 마음으로도 읽다보니 타인에 대한 이해와 공감 능력이 좋아졌다는 것을 느낀다.

"요즘 어떤 책을 보세요?"

"독서 모임은 어디가 좋아요?"

동료들이 물어보면 기분이 좋아진다. 책을 읽는 사람으로 인정받는 느낌이 들기 때문이다.

요즘은 네이버 검색이나 다른 SNS 경로를 통해 좋은 책을 소개하거나 책을 읽는 모임이 많아지고 있다. 무엇보다 텔레비전이나 스마트폰에 집중하던 사람들이 독서를 통해 서로 공감하고 더 나은 삶을 위해 노력한다는 자체가 기쁜 일이라고 생각한다. 학교에서 실천하는 '북 스타트' 활동이나 '다독왕' 독서등급제 등도 책 읽기를 생활화하는 습관을 만들고자 하는 노력이라고 본다. 가정에서 먼저 엄마가 책을 가까이 한다면 대한민국도 책 읽는 나라, 인문학적 소양이 커지는 나라가 되지 않을까.

아침 독서 30분을 통해 달라진 나. 나를 통해 달라진 아이들. 각자의 꿈을 응원하고 하루하루 함께 성장해 나가는 요즘 주위 사람들에게도 독서를 권하고 있다. 독서를 널리 퍼뜨리고 싶다. 독讀한 사람과 친하게 지낼수록 삶이 풍요로워지고, 다양한 직업의 사람들을 만날 기회도 많아진다는 것을 느낀다.

가을이 독서의 계절이라 말한 것도 단풍지고 선선한 계절 놀러 다니는 일에 집중할 것이 아니라 마음을 살찌우는 시간을 만들라는 깊은 뜻이 있다고 본다. 가까이는 내 가족, 그리고 나의 친구, 회사 동료 모두가 책을 통해 나처럼 행복한 삶을 살 수 있도록 독서 전도사가 되려 한다. 좋은 것은 나눠야 한다. 책을 읽고 깨달았으면 내 삶에 적용시켜야 한다. 좋은 책을 읽고 큰 깨달음을 얻고 주위 사람들에게 나누는 삶을 살아가리라.

예전에는 자기 계발서를 주로 읽었지만 지금은 그림책을 포함해 장르를 가리지 않고 책을 읽는다. 글도 많이 써야 늘 듯이 독서도 근육이 있어야 한다. 어린 시절 책이 귀한 시골에서 자랐기에 그림책은 구경도 할 수 없었고, 여고 시절 국어 선생님이 《홍길동전》의 줄거리를 이야기해 보라고 하셨을 때 나는 처음으로 친구들 앞에서 부끄러운 마음이 들었다.

"저는 《홍길동전》을 처음부터 끝까지 다 읽은 적이 없습니다."

사실이었다. 고전문학을 접할 기회가 없었다. 마을 도서관에 봉사활동을 온 대학생들이 두고 간 어린이문고 방정환 단편집이 전부였기에 그 외의 책들은 접할 기회가 없었다. 선생님은 너무 의아해하시며 어떻게 《홍길동전》을 모를 수 있냐고 말씀하셨다.

그때의 충격과 결핍이 나로 하여금 책을 좋아하고 글을 쓰는 사람으로 만들었다. 지금도 내 고향 마을에는 제대로 된 도서관이 없다. 20분이면 도서관에 갈 수 있는 지금의 집에 살고 있어서 얼마나 행복한지 모른다.

엄마와 선생님

"선생님은 한 달에 책 몇 권 읽어요?"

"음…… 대략 10권 정도는 읽지."

"선생님은 그래도 우리나라 평균보다는 많이 읽네요."

"그런가? 그런데 사실 수업에 필요해서 읽을 때가 많지."

"읽고 싶은 책은 뭔데요?"

"선생님은 시집도 좋아하고 자기 계발서도 좋아해. 그리고 요즘은 역사책에 관심이 가더라."

한 아이의 질문에 순간 당황했다. 내가 하는 일이 책을 읽고 아이들과 질문하고 토론하는 것이기에 늘 책을 가까이 하고 있다고 생각했는데 그게 아니었다. 휴일이 되면 드라마 다시 보기, 카카오스토리 댓글 달기, 낮잠 자기로 시간을 보내는 자신을 돌아보는 계기가 되었다.

일본과 우리나라 국민의 평균 독서량 차이를 이야기하면서 정작 나는 얼마나 책을 읽고 있는가 생각해보았다.

"미술관을 자주 가니?"

"영어, 수학이 중요한 게 아니라 상식도 키우고 예술적인 감각
도 키워야 한단다."

아이들에게는 이렇게 조언을 하면서, 정작 나는 가까운 서점에
몇 번이나 가는지, 도서관에 신간이 들어올 때 관심이나 가지는지
돌아보게 되었다.

주말, 아이들과 가까운 서점에 갔다. 신간코너 베스트셀러, 아이
들 문제집 등 여러 책들을 살펴보고 자기 계발서와 수필집, 그리고
아이가 고른 컬러링북을 샀다. 돌아오는 길에 어찌나 뿌듯한지. 책
을 고르고 제목을 둘러보는 것만으로도 요즘 사람들이 무엇에 관
심이 있는지, 아이들의 교육은 어떻게 흘러가는지 윤곽이 보인다.

자, 이제 책을 샀으니 어떻게 읽을까? 우선 식탁을 편안한 공간
으로 만들자. 우리 가족은 다행히 다들 책을 좋아해서 텔레비전 보
는 시간을 줄이고 하루 30분 함께 책을 보는 시간을 가지기로 했
다. 시간을 많이 들이는 것보다 매일 읽는 것에 집중하기로 했다.

매일 30분씩 책을 읽다보니 게으름이 사라졌다. 설거지도 미루
지 않고 빨래를 널고 청소하는 것도 즐거운 마음으로 각자 나누어
서 하게 되었다. 누가 시키거나 이렇게 해보자 하고 말한 것도 아
니다. 그냥 책을 매일 30분씩 읽은 것 밖에 없는데 우리는 화목한

가족이 되어 갔다.

가장 소리 높여 떠들던 텔레비전이 사라지고 책장 넘기는 소리가 거실을 채웠다. 각자가 마음에 드는 부분을 밑줄 그어 서로 공유하기도 하고, 모르는 것을 물어보기도 하며, 친절하게 답변해주는 분위기가 자연스레 자리 잡혀 지금은 어떤 드라마보다 재미있게 책을 본다.

어느 날 저녁, 잠을 자려고 자리에 누웠는데 딸아이가 물었다.

"엄마는 언제가 가장 행복해?"

"음…… 책 읽는 시간? 음악 들으며 낙서할 때…… 그런데 그건 갑자기 왜?"

"나는 요즘이 가장 행복해."

"왜 요즘이 가장 행복할까?"

"요즘은 엄마 얼굴도 자주 보고, 엄마가 우리 이야기를 잘 들어주니까."

그렇다. 예전에 나는 늘 바쁘다는 핑계로 짜증을 냈고, 아이가 학교 이야기나 친구 이야기를 하면, "그래서 결론이 뭔데?"라며 말허리를 자르는 엄마였다.

내가 가르치는 아이들에게는 "남의 이야기에 귀를 기울여라.", "말 잘하는 사람보다 경청하는 사람이 진정한 리더이다.", 귀에 못이 박히게 강조하면서 정작 내 아이에게 나는 그런 엄마가 되어 주지 못했다.

아이가 셋이다 보니 늦은 귀가에 반가워서 다가오는 아이들도 귀찮게 여겨지고, 차례로 각자의 하루를 미주알고주알 말하는 것이 소음처럼 느껴지기도 했다.

소통에 대한 책을 읽고 아이들의 심리를 이해하게 되었고, 사춘기 자녀들의 고민에 대한 작은 에피소드를 읽으면서 아차 하는 순간이 많았다. 남을 가르친다면서 정작 내 아이의 소중한 한 때를 놓치고 살았던 것이다.

큰아이가 서너 살 무렵이었을 때, 어린이집 원장님이 "어머니, 일보다 아이가 우선입니다"라고 말했는데도 나는 일이 우선인 엄마였다. 아이가 초등학교에 다닐 무렵 담임선생님이 "아이가 한 번씩 그늘이 보여요" 할 때도 아이들이 24시간 어떻게 웃을 수 있냐며 아이의 변화를 눈치 채지 못했던 엄마였다.

지금은 아무리 피곤해도 먼저 미소 지으며 "오늘 하루는 어땠어?"라며 물어보고 아이의 표정까지 하나하나 살피는 엄마가 되었다. 책을 가까이 하는 습관 하나가 새벽형 엄마를 만들었고, 아침밥 차려주는 엄마, 식탁에서 아이와 눈 맞추고 들어주는 엄마가 되게 해주었다.

아이와 함께 감사일지를 쓴다. 거창하게 일기장을 사서 쓰는 것이 아니라 좋아하는 SNS에 매일 감사일지를 올리고 있다. 처음에는 읽은 책 위주로 채워가던 감사일지가 이제는 다섯 가지, 열 가지 일상의 감사로 이어지고 있다.

작은 것에 감사하다 보니 습관처럼 감사하는 마음이 생기고, 세상에 당연한 일은 없다는 것을 알게 되었다. 상대가 나에게 베푼 작은 미소, 작은 친절이 얼마나 고마운 것인지 알게 되었다. 그 고마움을 담아 다른 사람에게 작은 친절을 베풀게 되니 다시 또 나에게 고마움이 되어 돌아온다.

세상에는 아주 작은 것에서 출발하는 위대한 일들이 많다. 내가 상대에게 미소 짓는 시간 10초, 내가 동료를 위해 커피 한 잔 건네는 시간 30초, 이 작은 일들이 내가 힘들 때 위로로 다가오고 내가 어려울 때 힘이 되어 돌아온다는 사실을 실감하고 있다.

장이 약한 내가 수업을 못할 만큼 배가 아팠을 때, 수업용 교재를 두고 왔을 때, 생각지도 않았던 동료 선생님이 약국에서 소화제도 사다주고, 직접 교재도 챙겨주고 갔다.

이런 책이 좋더라, 선생님도 함께 읽어보시라, 책을 권했던 것. 그리고 커피 한 잔 더 준비해서 건넨 것뿐인데, 나에게 관심을 가져주고 힘든 일을 챙겨주고 정을 나누어 주어서 얼마나 감사했는지 지금 생각해도 마음이 뭉클하다.

책을 가까이 하면 다른 사람을 존중하게 되고, 같은 책을 읽은 사람들은 말하지 않아도 상대의 마음을 깊이 헤아릴 줄 안다. 매 순간 감사하게 된다.

나는 감히 말하고 싶다. 독서의 힘은 상대에 대한 이해를 높여 준다고. 같은 책을 본 사람은 같은 꿈을 꾸게 된다고. 살아가는 동안 가장 가까이에 책을 두고 언제나 책을 사랑하는 나로 살고 싶다.

임정아 | 책은 평생 함께하는 여행이다. 나를 찾아가는 과정이며 남을 이해하는 다양한 기회를 제공한다. 겸손과 이해를 키워주는 독서. 독서를 통해 참다운 나를 발견해가고자 오늘도 책을 만난다.

02

책 읽는 우리 가족

박 선 희

행복한 책 전쟁

"엄마, 이번에는 내가 읽을 차례예요!"

"엄마, 나는 읽을 책이 없는데요."

"여보, 한 권 더 사지 그래?"

작은아이 지선이가 《본깨적》 책을 가방에 넣고 있다. 옆방에서 공부하던 정선이는 언제 들었는지 성큼 나와서 지선이 가방을 힐끔 쳐다보고 내게 하소연이다. 거실에서 바인더를 넘기던 남편이 한마디 거든다.

"당신도 참, 식구 네 명이 같은 책을 읽는데, 똑같은 책을 네 권이나 살 필요가 있어요? 한 권은 교보문고에서 샀고, 두 권은 도서관에서 빌렸으니 당신은 나랑 같이 봐요."

"엄마, 책에 줄 친 부분에 내가 또 쳐도 되죠? 이히힛."

작은아이 지선이가 후다닥 나가 버린다. 이번 주는 지선이가 책 독차지다.

2년 전만 해도 상상하지 못한 풍경이다. 책을 먼저 가져가서 읽기는커녕 뒹구는 책도 책장에 꽂지 않던 아이들이다. 우리 집은 한 달 독서량이 한 권도 채 되지 않았다. 대한민국의 여느 집과 다를 바 없었다. 입시와 학업에 아침 일찍 등교하고, 학원 갔다 집에 오면 늦은 시간인 고 2와 중 3인 두 아이. 특히 큰아이 정선이는 기숙사에 있어서 얼굴 한 번 보기도 쉽지 않다.

"정선아, 이 책 읽어 봐. 얼마 전 엄마 모임에서 토론을 했는데 성장기 소설로 읽기에 쉽게 되어 있어."

"엄마! 학교 과제, 학원 숙제도 하기 벅찬데 책 읽기는 내게 사치예요."

"틈새 시간을 내서 읽어보면 어때? 책만큼 좋은 양식도 없다는데."

"엄마, 그 시간에 잠이나 더 자죠."

그렇다. 잠을 더 자야지…… 학교 과제에 학원 숙제에 잠에 밀려나 책을 권하던 손은 이내 책장에 책을 도로 꽂는다.

"어머니 시장가는 길인가 봐요? 작은 도서관에 와보세요. 동화 읽는 어른 모임인데요, 일주일에 한 번 도서관에서 활동합니다. 참

식해보세요."

"도서관에 아이들 데리고 가면 시끄러운데 괜찮아요?"

"작은 도서관이라 뛰어다니며 떠들지 않으면 아이들 데리고 와
도 괜찮습니다. 책을 빌려가도 되구요. 도서 관련 여러 행사도 하
니 회원 활동하셔도 됩니다."

두 아이 독박육아에 허덕이며 힘들어하며 어떻게 아이를 키울
것인가 고민하던 때였다. 우연히 건네받은 홍보 전단지에 마음이
끌려 작은아이는 유모차에 태우고 큰아이는 손 잡고 마을 작은 도
서관에 데리고 갔다.

"저, 홍보 전단지 보고 왔는데요. 동화 읽는 어른 모임이 뭐하
는 곳이에요?"

"내일 수요일 시간 있으세요? 매주 수요일 오전 10시~12시에
작은 도서관에서 모임을 갖습니다. 오시면 상세하게 안내해 드릴
게요."

이렇게 동화 읽는 어른 모임 활동은 단순히 아이에게 좋은 책을
읽어주자는 마음에서 시작했다.

도서관은 조용히 해야 하는 곳인 줄 알았는데, 아이들이 와서 놀
기도 하고 책도 읽어주기도 하며 엄마와 아이가 함께하는 공간이
어서 놀랐다.

"정선아, 이제 정선이도 도서 대출증 생겼네. 엄마 운전면허증처
럼. 허.정.선 이름도 있고 대단하다."

"와아! 내 얼굴도 있어요, 엄마."

첫 증명서인 도서 대출증을 손에 든 아이는 마치 대단한 뭔가를 갖게 된 듯 만지고 또 만졌다. 책을 한가득 안고 도서 대출증과 함께 탁자 위에 놓으며 아이는 뿌듯해 했다. 만화책을 빌리기도 하고, 때로는 성장에 어울리지 않는 책을 고를 때도 있었다. 어떻게 해야 하나 난감했지만, 그때마다 동화 읽는 어른들 모임에서 서로 토론하고 얘기하며 조언을 구하곤 했다.

"엄마 또~, 엄마 또~, 그래서 하마가 나왔어요?"

"글쎄 무엇이 나오나 한 번 볼까?"

두 아이의 초롱초롱한 눈을 보며 밤새워 읽어줘도 피곤한 줄 몰랐다.

《목욕은 즐거워》를 읽을 때는 하마 흉내, 고래 흉내를 내기도 했고, 《순이와 어린동생》을 읽을 때는 동생을 잃고 당황해하는 순이 모습에 웃기도, 울기도 했다.

동화 읽는 어른모임 활동을 하면서 아이들에게 책을 읽어주었는데, 시간이 지날수록 내 자신에게도 변화가 생기기 시작했다. 단순한 지식을 위한 학습뿐만 아니라 자연과 환경에 대한 관심도 갖게 되었다. 내 아이만 잘 키우기보다 다른 아이들과 함께 키우는 것, 자연스럽게 공동육아를 하게 되고 안전한 먹거리에 대한 관심도 갖고 관련 책을 읽기 시작했다.

그리고, 엄마가 행복해야 아이도 행복해진다는 것을 알게 되었고, 주체적이고 주도적인 삶에 대한 관심도 갖게 되었다. 단순히 아이에게 책을 읽어 주었을 뿐인데, 내가 변화하고 있었다. 아이에게 어떻게 읽어 주어야 하는지 공부하다 보니 나 스스로 독서를 하게 되었고, 생각이 깨이기 시작했다.

하지만, 글을 깨우치고 또래와 놀고 학교를 가게 되면서 아이들의 독서 습관은 학교과제 습관으로 바뀌기 시작했다. 열 살이 지나고 초등 고학년이 되면서 '즐거운 책 읽기'가 아닌 '해야 할 과제'로 변하고 말았다.

시간이 흘러 아이들은 중, 고등학생이 되었다. 학업이 중요시되면서 아이들의 독서 습관도 흐지부지되었다. 그렇게 시간이 흐르고 나도 일을 시작하면서 독서와 거리가 멀어지기 시작했다.

"밥 먹듯 책 읽어 주자"며 아이들과 함께 책을 껴안고 놀고 자던 시간은 지나간 과거가 되었다.

지인의 소개로 독서 모임에 몇 번 참여했다. 독서 모임에 참여하면서 15년 전 동화 읽는 어른 모임으로 아이들에게 열정을 쏟던 때가 떠올랐다. 아이들은 성장하고 있었는데, 아이들의 책 읽기는 유아 시절 그대로가 아니었는지…… 아니 어쩌면 나의 책 읽기는 초보시절 그대로가 아니었는지…….

내가 먼저 변화해야겠다는 생각이 들었다. 주체적이고 주도적으로 살아가던 15년 전의 내 모습이 떠올랐다. 독서를 하면서, 책 모임을 하면서 생각뿐 아니라 삶의 변화도 생겼다. 독서에 대해 강조하게 되었고, 남편과 두 아이에게 권하기 시작했다.

처음에는 단순히 독서 모임이라고 안내하며 참석을 권했다. 아이들은 한두 번 참석을 하면서 생각의 변화를 갖게 되었다.

작은아이 지선이는 교내 자율 동아리로 독서 모임을 만들기 시작했다. 신기한 변화였다. 동아리 이름을 정하고, 친구들을 모으고, 일년 계획을 세우고, 모임 날짜와 장소를 정하고, 도서 선정을 했다. 그리고 일련의 과정들을 내게 얘기해 주었다. 책을 통해 지선이와 대화할 수 있는 이야깃거리가 다양해졌다.

"엄마, 김해도서관에 가봐야겠어요. 지선이가 가져 갔으니 빌려서라도 보고 가야겠어요."

주제 도서가 있는 날이면 우리 집은 전쟁을 치른다. 책 한 권을 서로 먼저 읽으려는 책 전쟁. 한 달에 두 번 행복한 책 전쟁을 치른다.

책 읽는 동아리

"엄마, 있잖아요. 학교 친구들과 함께 만들었는데 한번 볼래요?"

지선이가 발그레하게 약간 상기된 표정으로 나를 보며 슬그머니 뭔가를 보여준다.

"○○나비" 파란색 표지에 대학노트 크기의 얇은 책이다.

"와아! ○○나비에서 회지도 만들었구나. 대단한데 우리 딸!"

책을 넘기며 꼼꼼히 읽은 나는 엄지를 치켜세웠다. 아이를 향해 환하게 웃어주었다. 미끄러운 눈길을 걸을 때처럼 긴장했던 아이의 얼굴이 그제야 밝아졌다.

1년 전만 해도 지선이가 독서 모임을 진행하리라고는 꿈도 꾸지 않았다. 어릴 때부터 책 읽으라는 엄마의 잔소리에 오히려 책을 멀리했다. 엄마는 했던 말을 무한 반복하는 오디오라는 것이다. TV나 컴퓨터처럼 책보다 더 재미있는 것이 많은데, 굳이 책을 읽을 이유가 없다는 주장이었다. 지선이도 어쩔 수 없는 대한민국의 보통 학생이었다.

어쩌면 언니 정선의 영향도 있었던 것 같다. 두 살 많은 정선이는 앉으나 서나 길을 걸으면서도 책을 들고 다녔다. 언니를 보면서 한편으로 존경스럽기도 했지만 한편으로는 답답하기도 했단다. 무슨 재미로 저렇게 책을 들고 다니는 건지. 어쩌면 반발심이 생겼는지도 모르겠다. 중학교에 입학해서 수업 들어오는 선생님마다 정선이 동생 지선이로 알려졌다. 고등학교 때도 마찬가지였다. 언니가 책벌레로 알려져 있으니 '나까지 책벌레일 필요는 없지 않은가'라는 생각도 했단다. 물론 언니와 얘기할 때 자신이 모르는 얘기를 풀어놓을 때면 언니가 좀 멋져 보이기는 했지만, 딱 거기까지.

"대부분의 독서 모임은 얘기하는 사람만 말하잖아. 그런데 이 모임은 3분 모래시계가 있어서 각자 3분만 말할 수 있더라구."

"그래? 색다른 방식인데? 다음번 모일 때는 같이 갈까?"

창원에서 진행하는 새벽 독서 모임을 나가면서 자연스레 토요일 아침 독서 모임 얘기를 하곤 했다. 나는 귀한 정보를 공유하자는 뜻이었는데 주말 아침 겨우 일어나 밥상머리에 앉은 아이들에겐 그저 TV 광고처럼 들렸나 보다.

그럼에도 불구하고 나는 남편과 함께 독서 모임 진행하는 것에 대해 얘기했다. 남편은 자기 계발에 관심이 많은 사람이다. 책 읽기를 즐기지는 않지만 자기 계발과 관련된 모임이나 일에 대해 흥미 있어 한다.

"그런데 당신, 아침 7시면 너무 이르지 않아?"

"좀 이르긴 하지. 여자들은 화장도 하고, 2주 전부터 책도 읽어야 하니 신경 쓰이기도 하고. 하지만 두 시간 마치고 나갈 때는 뿌듯해."

"어떤 게 뿌듯한데?"

"음…… 참 좋은데, 말로 표현할 길이 없네. 당신도 궁금하지? 다음번 모임 때 같이 가요. 말로 하면 재미없지."

콩알콩알 장난치듯 재미있게 얘기하는 아빠, 엄마를 보며 무심하던 아이들의 표정이 약간 바뀐다. 조금씩 관심을 갖는 듯하다.

쇠뿔도 단김에 빼라는 말이 있다. 이왕 말 나온 거 아이들과도 함께 가고 싶었다.

'어떻게 아이들과 함께 가지? 고등학생이면 이미 자기 생각이 분명한데, 무슨 수로 꼬실까?'

궁리하고 있었다.

"잘 먹었습니다!"

큰아이 정선이가 일어서서 휙 가버린다. 얄미웠다. 아쉬운 마음에 작은아이를 쳐다본다.

"지선아! 독서 모임 한 번 가볼래? 앉아 있다가 김밥만 먹어도 된다. 갔다 오면서 지선이 좋아하는 컵 치킨도 사줄게."

순간 작은아이의 눈동자가 잠시 흔들렸다. 이때다 싶어 한마디 더한다.

"좋다. 2천 원 덤이다."

"정말요? 엄마 말 바꾸기 없기!"

지선이는 선뜻 응했다. 나중에 물어보니 그 짧은 시간에 여러 생각이 지나갔다고 한다.

'엄마는 아직도 나를 일곱 살 꼬마로 아는가 보다. 내가 먹는 것에 꼬일 줄 알고? 근데 2천 원을 준다니 생각해 볼 일이네. 어릴 때 기상 습관 한답시고 아침 6시 30분에 일어나 산에 따라갈 때도 교묘하게 이 수법을 썼잖아. 등산하고 오면 2천 원, 나서지 않으면 한 푼도 주지 않는 식으로. 언니와 내가 경쟁적으로 2천 원씩 모았는데. 5번이면 1만원이니 초등학생에게 꽤 큰 돈이었지. 하지만, 지금의 난 고등학생이다. 고작 2천 원에? 하지만 한편으로 손해 볼 것은 없다. 엄마 차에 따라가서 앉아있다 오면 되니까. 사실 고등학생에게 2천 원은 아쉬운 돈이긴 해.'

독서 모임에 처음 참여한 날, 지선이는 많이 놀랐다고 한다. 토요일 새벽에 그렇게 많은 사람들이 모여 있다는 것에 충격을 받았나 보다. PC방도 아닌 책을 읽기 위한 모임에 이렇게 많은 사람이 새벽부터 모여 있다니. 가만히 앉아서 어떻게 하나 보고 있었다. '본깨적'이라고 해서 보고 깨닫고 적용하는 독서법이란다.

처음 오면 '듣깨적'도 가능하다고 했다. 듣고 깨닫고 적용하는 것. 그래서 마음 부담은 좀 적었다. 엄마와 아빠와 함께 왔는데 각자 다른 강의실에 배정되었다. 낯선 아주머니, 아저씨, 언니, 오빠들 사이에서 좀 긴장도 되었다. 하지만, 처음 왔다고 하니 편안하게 대해주었단다. 무엇보다 책 읽지 않아도 참석하여 얘기를 할 수 있는 것이 도움 되었다. 똑같은 책 한권을 읽었는데도 여섯 명이 다 다른 생각과 느낀 점을 갖고 얘기했다. '똑같은 책도 저마다 다르게 얘기 하는구나.' 그분들의 얘기를 듣고 책을 보니 다르게 보였단다.

"공.부.해.서. 남.을. 주.자."

독서 모임의 마지막은 책 박수와 함께 큰소리로 외치고 마무리였다. 공부해서 남을 주자? 여덟 글자가 와 닿았다. 지금까지 공부를 하는 것은 나를 위한 것이라고 생각했단다.

"사실 할머니도 늘 그러셨잖아요. 공부해서 남 주냐? 니 좋은 일 하라고 공부하지. 학생은 공부하는 게 직업이여."

공부를 잘하면 좋은 대학교에 진학하고 좋은 직장에서 일을 하고 안정된 생활을 하는 것. 그래서 공부를 잘 해야 한다고 생각했단다. 하지만 나를 위해서가 아니라 공부해서 남을 주자는 말은 지선이에게 신선한 충격이었다.

"공부해서 남을 주면 학교 성적은 잘 나올 수 있을까? 공부해서 남을 주면 내게 손해가 생기지 않을까? 내 공부하기에도 시간이 없는데 가능할까?"

순간 여러 생각들이 지나갔다고 한다.

'윤리 교과서에나 나오는 별 감흥 없는 단어. 홍익인간. 널리 인간을 복되게 한다. 이것이 공부해서 남 주는 것이 무슨 관련이 있는 건가? 엄마는 배움의 목적이 이타적일 때 이롭다고 하는데. 좀 어려운 말이지만, 좋은 말인 것 같다. 공부해서 남을 주자…… 공부해서 남을 주자……'

이 여덟 글자는 지선이 생각을 변화시켰다.

'우리 학교에 적용해 보면 어떨까? 독서 모임을 만들어 볼까? 아이들이 교과서 이외의 책에 시간을 많이 낼 수 있을까? 몇 명이나 모일까? 운영진은 어떻게 구성하지? 진행은 어떻게 하지? 해본 적도 없는데 내가 잘할 수 있을까? 1년 계획은 어떻게 세워야 하나?'

처음에는 단순하게 독서 모임을 해야겠다고 마음먹었는데 막상 시작하려니 준비해야 할 것이 여러 가지였다. 생각만 하니 머리도 복잡하고 정리도 되지 않았다. 일단 바인더를 펴고 적었다. 필요한 것을 적어보니 정리가 되었다.

"엄마. 엄마가 활동하는 독서 모임처럼 우리 학교에도 자율 동아리로 만들려고 하는데요. 이렇게 해보았거든요."

아이의 바인더를 찬찬히 읽어보고 물었다.

"지선이는 ○○나비 모임을 하려는 이유가 뭐니?"

"하려는 이유요? 음, 독서는 좋은 것이고 해야 하는 것이고 아이들도 필요한 것이니까요. 물론 생기부^{생활기록부}에도 작성해야 하니까."

"친구들이 다른 독서 모임을 두고 이 독서 모임에 가입해야 하는 동기가 어떤 게 있을까?"

"동기요? 음……."

아이들이 독서 모임을 하려는 이유가 어떤 게 있을까? 생각해 보니 다시 제자리다. 바인더를 꺼내어 다시 적어 보았다.

지선이는 주위 친구들에게 보여 주며 얘기했다고 한다.

"생기부에 독서를 해야 하잖아. 그런데 그냥 책을 읽으면 느낀 점만 적게 되고 내 생활에 적용하는 것이 없거든. 그런데 지선이가 권하는 독서 모임은 책을 보고 깨달은 것을 생활에 적용한다는 것이 마음에 들었어. 나는 실천이 잘 안 되거든."

"왜 하고 싶냐고? 그냥. 지선이가 진행한다고 하니까 너하고 하는 모임은 잘 될 것 같네."

친구들과 대화를 하면서 학생기록부에 독서가 중요한 부분이기 때문에 아이들의 고민이었다는 것, 그리고 친구들이 보는 지선이의 모습을 알게 되어 기뻤다고 한다. 본깨적으로 생활에 적용하여 실제로 도움된다고 하였다.

"이분은 제가 세상에서 가장 존경하는 어머니 박선희 님입니다"
생각지 못한 지선 회장님의 소개에 올림픽 시상식에서 태극기가 올라가고 애국가가 울려 퍼질 때처럼 감격스러웠다. 강의하는 2시간 내내 뿌듯했다. 전혀 생각지 못한 소개였다. 처음 아이로부터 특강 부탁을 받았을 때 망설였던 내 모습이 떠올랐다. 막상, 내 아이 앞이라 생각하니 할까 말까 망설여졌다. 하지만, 독서 동아리를 운영하면서 힘든 것도 어려운 것도 스스럼없이 털어놓고 조언을 구하며 얘기하는 아이에게 조그마한 힘이 되고 싶었다.

최근 대화가 늘면서 아이에 대해 더 많이 이해할 수 있게 된 것도 있었다. 용기를 내었다.

강의를 마치고 나서 "엄마, 고마워요!" 하며 카카오 캐릭터가 그려진 학교 급식용 딸기우유를 건네는 아이. 아침 급식에 나온 것인데 안 먹고 남긴 것이다.

유치원 다닐 때 만화 캐릭터 디지몬 딱지를 주며 "엄마 힘내세요" 하던 고사리손이 떠올랐다. 언제 그렇게 쑤욱 커버린 걸까? 책은 배려 깊은 아이로 만드나 보다. 콧날이 시큰해졌다.

"공.부.해.서. 남.을. 주.자."

독서 동아리의 마지막. 감청색 치마에 하얀 셔츠의 교복 입은 여고생들이 모두 일어서서 박수치며 크게 외쳤다. 나도 큰소리로 박수치며 외쳤다. 그래. 공부해서 남을 주는 삶을 살자 다짐하니 아침 이슬 맺힌 나팔꽃처럼 뿌듯했다.

박선희 ㅣ "일할래? 책볼래?" 어릴 때부터 부모님의 권유에 일하기 싫어 책을 선택하였다. 책은 내 삶을 바꾸었다. 다양한 직업을 가질 수 있었고, 아이들이 도서관에서 클 수 있었던 것도 책 덕분이다. 내게 있어서 책은 반성적 실천이고 화수분이다.

불평과 불만이 사라지다

김 종 무

생각 하나 더하기

땡! 띠링! 머리 위로 팔을 뻗어 7시를 시끄럽게 알리는 알람을 끄고 다시 그 상태로 엎드린 채 잠시 눈을 감았다.

"자기야! 7시 30분이야!"

"응? 벌써?"

방금 알람을 껐는데 30분이나 지났다니. 오늘도 역시 출근이 빠듯하다. 일찍 자고 일찍 일어나야지 하고 항상 결심을 하지만 마음 먹은 대로 잘 되지 않는다. 벌써 수년째 반복되는 일상이다.

2002년, 모든 국민이 "대한민국!"을 외치던 그 해 5월에 토목설계 엔지니어로서 지금의 회사에 입사를 했다. 입사 후 우리 회사는 연이은 태풍으로 막대한 피해를 입었다. 내가 맡은 하천 분야는 홍수 등 피해가 발생하면 설계량이 많아지는데 바로 그때가 최대 고비였다. 새벽 퇴근길, 어떻게 집까지 왔는지 기억나지 않을 정도로 위험천만한 졸음운전을 하며 하루하루를 보냈는데 벌써 15년째다. 그 세월 동안 세 명의 윗사람, 열한 명의 아랫사람과 함께 일하고 있는 40대 중반 직장인이 되었다.

어느 순간 상사보다 부하 직원 수가 많아져서 회사에서도 빠르게 움직여야 할 시간이 점점 줄어들고, 그동안의 삶에 대한 보상이라 생각하며 유유자적 생활했다. 치열했던 신입 시절은 머나먼 추억거리로 바뀌었다. 야근 몇 번에 "회사가 나랑 맞지 않다"며 그만두는 신입들을 보면서 남은 직원끼리 "요즘 애들은 너무 편하게 자라서 안 돼.", "힘든 일은 안 해 봐서"라며 한탄과 비아냥을 주고받기도 한다.

반복되는 업무로 익숙해진 생활을 하면서 무료함을 느끼게 되는 날들도 생기게 되고, 자꾸만 몸이 편안함만을 찾게 되었다. 지루하면서도 피곤한 일상이 이어졌다. 부하 직원이 내미는 제안서며 계획안에 꼭 한마디씩은 잔소리를 해야 했고, 상사의 이야기는 별다른 이견을 제시하지 않고 넘어간다. 그래야 마음도 편하고 회사 생활도 편하다고 생각했다.

하지만 오히려 마음은 불편했다. 윗사람으로서 아랫사람을 가르쳐야 한다는 의무와 윗사람에게 바른 말을 하지 못하는 경우가

44

자수만 늘어갔다. 이런 회사 생활에서의 무료함과 시진 일상을 털래기 위해 대학 때부터 관심 많았던 IT기기 즉, 노트북, 스마트폰, 카메라 등의 스마트 홀릭과 메신저와 게임에 시간을 빼앗기고 있었다.

이런 생활이 지속될수록 부하 직원에게 부끄러운 모습을 보여주지 않기 위해 신경을 썼고, '후배들이 나를 어떻게 생각할까?' 염려되기 시작했다. 점차 신경질적이고 날카로워지는 것은 당연한 결과였다. 하루는 메신저로 수다를 떨고 있는데 김 과장이 진행 중인 프로젝트에 대한 결과 검토를 요청했다. 내화를 하다만 메신저 내용도 궁금하고 대답을 요청하는 알림창도 자꾸 뜨고 해서 "아니, 김 과장. 지금 연차가 얼마나 됐는데, 이런 것까지 검토를 받아야 하나? 알아서 해"라고 받아치고 말았다.

며칠 후, 발주처에서 문제 제기를 하고 그에 대한 사항을 전면 재수정하라는 지시가 떨어졌다.

"젠장, 김 과장! 부서 전체가 해결하느라 고생을 했어. 이런 건 처음 해보는 거라고 진작에 말했어야지."

대답은 하지 않았지만 김 과장의 표정에 불만이 가득 차 보였다.

부서 안에 세 명의 팀장이 있다. 팀별로 업무적인 특성은 있으나, 큰 틀에서는 같은 업무라고 할 수 있는데 서로 미묘한 관계가 있다. 경력과 나이는 연년생인데, 셋 다 같은 성씨에 같은 시기에 진급을 해서 호칭이 같다. 타 부서에서 "김 팀장님!"이라고 부르면 업무 내용을 확인해야만 연결이 가능하다.

1팀장은 짜증과 욱하는 성격이지만 일을 단순화시켜 처리하는 스타일이고, 2팀장은 일 처리순서와 스마트워크를 잘하고 문제 발생시에 대응 능력이 좋은 스타일이며, 3팀장은 박사를 마치고 입사하여 체계적인 방법으로 매사 꼼꼼히 정리하는 스타일로 일처리도 차근차근 풀어가는 사람이다.

이렇게 스타일과 성격이 서로 달라서인지 관계가 미묘하다. 우선, 자리는 경력 순으로 배치되어 1팀장과 2팀장은 나란히 앉아 있고, 3팀장은 통로 복도를 사이에 두고 앉아 있다. 나이는 1팀장이 가장 많고, 2팀장이 가장 어리지만 회사 내외부에서의 입지 및 실적은 2팀장이 가장 인정받고 있다.

간혹 1팀장은 "3팀장 잠깐만, 이 건에 대해서 알아? 이건 어떻게 하는 거야?"라며, 잘 모르는 부분이 생기면 옆자리의 2팀장이 아닌 3팀장에게 물어본다. 옆에서 나누는 이야기라 2팀장 귀에 다 들리는데 2팀장은 대화에 끼지 않는다.

부서내 팀원 간의 협업 요청시에도 마찬가지이다. 팀장 간의 사전 협조 없이는 불가능하다. 이로 인해 팀별 간의 일처리의 방식차이가 뚜렷해지고 협업시에도 문제가 발생했다. 이런 상황이 10년째 이어지고 있다.

어색함과 불편감이 반복되었지만 그 생활에 익숙해지고 별다른 생각 없이 회사 생활을 하게 되었다. 그 와중에 외부 업무가 많은

2팀장은 모바일을 활용해서 실시간 업무처리를 할 수 있는 스마트워크에 관심이 있어 부산 스마트워크 모임에 다녔다. 어느 날 부산 스마트워크 모임을 끝내고 엘리베이터에서 회원 다섯 명이 사는 지역 이야기를 하다 네 명이 창원에 살고 있다는 사실을 알게 되었다.

"우와, 창원 사람이 이렇게 많은데 멀리 부산서 모일 필요가 있나요? 창원에서 모여 봐요."

2팀장은 출장으로 자주 가는 창원 지역이라 모임을 갖게 되면 꼭 참석하겠다고 인사말을 남기고 헤어졌다. 그 후 몇 번의 스마트워크 창원 모임이 있었고, 어느 날 함께 창원 모임을 운영하던 동생이 "이번에 독서 모임을 만들 계획인데 꼭 참석해줘요"라는 말을 꺼냈다.

"책? 책도 모여서 읽어?"

평소 거절을 못하는 2팀장은 그렇게 독서 모임에 나가게 되었고, 선정도서를 읽기 시작했다. 그때까지 책은 시간 있을 때 조용하게 혼자 읽는 거라 생각했는데, 모임을 통해 함께하는 책 읽기를 하면서 책에 대한 생각이 달라졌다.

한 번뿐인 인생의 선택과 시간을 가치 있게 활용하고, 사람과의 관계를 원활하게 만들 수 있는 방법은 무엇일까?

책을 읽기 전의 나의 직장 생활이었다. 위 내용들은 1년 6개월 전 나의 모습이다.

수년간 이어온 습관을 혼자서 변화시키는 것은 어렵다고 판단하고, 책과 저자와의 만남을 통해 새로운 삶을 시도했다. 책만 읽고는 저자의 의도와 전하고자 하는 뜻을 제대로 알기 힘들었다. 아직은 독서가 익숙지 않았기 때문일 터다. 저자의 생각과 신념이 궁금하던 차에 기회가 닿아 작년 1월 김승호 회장의 저자 강연을 들었다.

'왕복 세 시간이나 걸리는 거리까지 가서 들을 필요가 있을까?'

'그 시간에 책을 다시 한 번 더 읽는 것이 좋지 않을까?'

강의 시작 직전까지 맴돌았던 생각이다. 1년이 넘은 지금도 그 책을 다시 볼 때마다 그때의 감흥이 남아 있다.

뭐든 처음이 힘들지, 한번만 해보면 다음은 쉽다. 책을 읽고 저자를 만나고 저자의 성공과 실패를 결정지은 선택을 간접 체험하면서 스스로를 되돌아볼 수 있었다.

틈만 나면 중독처럼 빠졌던 게임을 끊고, SNS도 줄이고 책을 읽었다. 책을 읽는 동안 아랫사람들의 눈치를 보거나 타인을 의식했던 불안감은 사라졌고, 앞서 김 과장과의 서먹한 관계는 이야기를 경청하는 태도로 변하면서 서로에 대한 이해를 할 수 있게 되었다. 서로 필요로 하는 것에 대한 문제점과 대책을 함께 해결해 나가면서 관계를 회복했고, 다른 팀장과의 관계도 업무적 협조를 넘어 상대방의 있는 그대로를 인정하고, 내가 할 수 있는 해결책을 제시하는 등 관계의 변화가 일어나기 시작했다.

'우리 회사 내부에서도 자료 공유가 쉽지 않은데 다른 회사 자료

를 얻는다는 것은 더 쉽지 않다. 어떻게 하면 좋을까?'

15년 넘게 일해 온 현재의 직업에 대한 다양한 방향과 자료에 대한 공유 필요성을 동종업계로 폭 넓게 생각하게 되었다. 그래서 '건설정보센터'를 만들고 싶은 꿈을 가지게 되었고, 현재 진행 중에 있다.

책을 읽는 것으로 모든 일을 해결할 수 있다고 장담은 하지 못하지만 최소한 내가 가지고 있는 생각의 줄기와 가지 하나쯤 더 생긴다는 것은 확실하다. 누구나 인생은 한 번뿐이다. 그 한 번의 삶에 다른 사람들의 역사를 더할 수 있다면, 책을 통해 또 다른 삶을 간접경험할 수 있다면 마땅히 읽어야 함은 물론이고 나아가 인생 대백과사전으로 항상 책과 함께해야 할 것이다.

책으로 사는 부부

"모든 사람은 다르다. 또 모든 사람은 변하지 않는다."

어느 정도 나이를 먹고서야 이 말을 이해하고 받아들이며 살게 되었다. 그리고 연애 2년, 결혼 생활 15년을 함께하고 앞으로도 오랫동안 곁에 있을 가장 가까운 사람에게도 이 말이 적용된다는 사실을 최근에야 비로소 깨닫게 되었다.

처음으로 아내를 만난 그때를 생각하면 지금도 가슴이 뛰고 긴장되며 설렌다.

우리 부부는 연상연하 커플이다. 요즘은 그리 특별할 것도 없는 만남이지만, 우리가 사귈 당시에는 보수적인 집안 어르신들이 많이 꺼려 하셨다. 특히나 종친회에 상당히 오랫동안 몸담고 계신 할아버지가 있는 우리 집은 더 심했다.

막 군대를 제대해서 사회 생활에 적응하기 위해 부단히 노력하고 있을 20대였다. 항상 데스크탑 컴퓨터만 사용하다가 작고 휴대성 좋은 노트북을 보고 홀딱 반해 버렸다. 노트북은 처음이라 세팅하는 것조차 쉬운 일이 아니었다. 그래서 PC통신 노트북동호회에 가입했는데, 당시 동호회의 분위기는 '정팅/번개팅'이라는 문자 채팅이 활발하게 이루어지고 있었고, 궁금한 것을 실시간으로 물어볼 수 있는 기회가 되기도 했다. 지금으로 비교하자면 정해진 시간 동안만 실시간 채팅을 할 수 있는 기능 정도가 되겠다.

자유게시판에 회원들이 올려놓은 글을 읽는 것도 하나의 낙이었는데, 그러던 중 하나의 아이디가 눈에 들어왔다.

'오렌지향기'. 인터넷 음악방송을 통해 처음으로 '오렌지향기'님의 목소리를 듣게 되었다. 고우면서도 활기찬 느낌이 있는 목소리를 들으며 상상을 했다.

'오렌지향기 님은 어떤 사람일까?'

게시판의 따스한 느낌의 글들과 목소리…… 약간 둥근 얼굴에 안경을 끼고 통통한 얼굴을 지녔고, 여유로움과 푸근한 이미지일 거라고 생각되었다. 아마도 당시 영화나 드라마의 영향을 그게 받은 것 같다. 나의 선입견이지만 통통하고 풍만한 외모를 가지신 분이 따스한 글과 예쁜 목소리를 가졌다고 생각했었다.

아무튼 이런 나의 기대와 생각은 2001년 4월 28일 동호회 첫 정모에 나가면서 산산이 부서지고 말았다. 정모 장소인 모 카페에 들어갔다. 웨이트리스의 안내를 받으며 테이블로 갔다. 나의 아이디와 간단한 소개를 하고 자리에 앉아 옆을 보니 자그만한 체구에 계란형 얼굴, 활짝 웃으며 맞이해주는 회원이 있었다. 바로 '오렌지향기'.

'허걱!'

이 모습은 나의 상상과는 거리가 멀었다. 그러나 맘 한구석에서 엄청난 파장이 일었다. '쿵!쿵!' 그날 오렌지향기 님과 많은 얘기를 하고 2차, 3차, 끝까지 함께했다. 결국 마지막까지 남은 회원은 3명. 동호회 회장님, 오렌지향기 님, 그리고 나.

오렌지향기 님의 제안으로 부산 청사포 바다를 보는 것으로 그날 정모를 끝내야 했다. 아쉬웠다. 그런데 하늘도 나의 마음을 아셨는지 오렌지향기 님 집이 창원인데 초저녁에 마신 술이 아직 남아 있어 버스를 타고 집에 간다고 했다. 기회다 싶어 "저도 고향 밀양에 가야 하거든요. 제 차로 같이 가시죠?" 난 그날 술을 먹지 않았다. 그리고 원래 고향에 갈 생각도 없었고……

오렌지향기 님도 나의 제안을 흔쾌히 받아들였고, 기쁜 마음에 창원까지 함께 갔다. 오렌지향기 님을 집 앞에 내려드리고 나니 피곤함이 몰려왔다. 여기까지 왔는데 부모님 얼굴이라도 뵙고 가야겠다 싶어 방향을 고향인 밀양 쪽으로 돌렸다. 그때까지 창원에 간 적이 두어 번 밖에 없었던 터라 한참을 헤매다 고향집에 도착했다. 아침 일찍 온 아들을 보고 어머니는 기쁜 마음에 아침상을 차려주셨고, 나는 왠지 모를 들뜬 마음에 즐겁게 먹고 피곤함에 잠을 잤다. 꿈속에서도 생각을 했던 탓일까? 자다가 문득 오렌지향기 님이 차를 부산에 두고 온 것이 생각이 났다.

'그래, 오렌지향기 님도 부산에 다시 가야겠지.'

오렌지향기 님에게 전화를 하니, 고맙다며 저녁을 산다고 했다. 저녁을 먹고 가라는 어머니께 바쁜 일이 있어 가야 한다고 나와서, 다시 그녀의 집을 헤매며 찾아가 함께 부산으로 향했다. 이것이 첫 데이트였고, 그때부터 행복한 연애기간을 보낸 후 결혼했고, 15년이 흘렀다.

이렇게 가슴 떨리게 했던 사람과 사는데, 싸운 적이 있냐고? 당연히 있다. 그것도 꽤 자주.

"앗, 아야. 자기야 좀 치워줘!"

어느 날 밤에 화장실을 가다가 바닥에 놓인 물건에 발이 부딪혔다. 바로 책 때문이다. 수시로 일어나는 일이지만, 오늘은 아내에게 한마디 해야겠다 싶었다.

"보관할 책장도 없는데 이렇게 자꾸 사 모으면 어떻게 해?"

"그러니까 이참에 책장을 더 사자."

"우리 집에 더 이상 책장은 놓기 어려워. 지금 있는 책을 정리하든지."

퇴근할 때마다 휴대전화를 울리는 메시지.

"자기야, 올 때 택배 좀 찾아와."

또 책이다. '아⋯⋯ 모델하우스처럼 깨끗한 집에서 살고 싶다.'

대학 전공 관련 서적과 언제 읽었는지도 모를 자기 계발서 몇 권이 전부인 내 책은 책장 두 곳에 여유롭게 꽂혀 있다. 반면에 아내의 책장은 서재를 넘어 거실 벽까지 산더미처럼 쌓여 있는 상태였다.

초등학교 교사인 아내의 직업상 책과 교구에 대한 필요성은 인정하지만, 직업상 필요한 분야 외에도 워낙 읽는 것을 좋아하는 터라 많은 책을 구입한 탓에 집 정리가 되지 않는 상황이었다. 휴가 때마다 책장 배치를 다시 해서 최대한 많이 꽂을 수 있도록 정리도 해봤다. 일 년에 보통 150권 이상을 구입하니 이렇게 정리하고 새로 산 책장도 모자라서 바닥에 쌓이기 시작하면서 갈등은 더 커졌다.

창원에서 김해로 이사할 때도 이삿짐 센터에서 추가요금을 요구할 정도로 책이 많았다. 1톤 트럭으로 정리하고 왔는데도 말이다. 내 눈에는 아무리 봐도 이 많은 책을 다 읽지도 못할 것 같았다. 아파트 단지내 도서관도 있고, 시립도서관도 5분 이내에 있는데 빌려다 봐도 될 책을 왜 이리도 많이 사는 것인지.

한동안 책 문제로 다툼을 하고 나면 잠깐 동안 도서관에서 대여해서 책을 보는 듯하다가 어느 순간 다시 택배 박스가 집으로 들어오기 시작한다. 바닥에 쌓여 있는 책만큼 먼지도 쌓이고 청소도 하기 어려워진다. 청소하기 어려워지니 당연히 하기 싫어지고 방치하게 된다. 점점 쌓이는 먼지만큼 내 안의 불만도 점점 쌓여갔다.

'출퇴근 거리도 한 시간이나 되고 기름값, 주차비, 차라리 돈을 조금 더 보태서 회사 근처에 원룸이라도 얻어 나가서 살까?'

짜증이 스트레스로 넘어가니 별생각을 다 하게 되었다. 물론 실행에 옮길 자신은 없었지만.

지금은 어떨까? 아직 부부로 살고 있다. 집 상태는? 먼지는 쌓이지만 앞서처럼 불만은 쌓이지 않는다. 책을 더 이상 사지 않는 걸까? 아니다. 여전히 책을 사고 있고, 심지어 같은 책을 두 권 사기도 한다. 어떻게 된 것일까?

아이러니하게 책 때문에 고민하던 차에 독서 모임을 나가면서 추천 책을 읽게 되었는데, 내가 표현하는 불만과 불평의 원인이 책 때문이 아니라 집 청소 때문이란 사실을 깨닫게 된 것이다. 이것이 나에게 스트레스로 작용했고, 부부 관계를 그리고 가족 관계를 깨뜨리는 원인이 되었다는 사실을 알게 됐다.

불평과 불만을 없애보자는 생각으로 제대로 청소를 하기로 했다. 우선 새로운 책장을 들이기 위해 거실 TV를 안방으로 보내고 책을 꽂기로 했다.

모델하우스처럼 깨끗한 모습까지는 바라지도 않았다. 발에 걸리적거리지 않을 정도로 정돈되기만 해도 바랄 것이 없었다.

그다지 많은 노력을 기울인 것도 아닌데 책에 대한 부정적 감정도 없어지고 부부가 같은 책을 읽고 이야기 할 거리가 생겨서 대화 시간도 늘어났다. 차츰 각자의 직장 생활에 관해 관심을 갖고 묻기도 하고 좋은 관계를 유지하고 있다.

같은 방향을 보는 사람과 이야기 하기가 더 쉽고, 함께 걸어 갈 수 있는 기회가 생겨 더 만족스럽다. 우리 부부도 책과 함께 그렇게 걸어갈 것이다.

만약 우리 부부가 책을 읽지 않고 쌓여가는 불만과 불평을 가진 채로 아직 살고 있다면…… 생각만 해도 끔찍하다.

김종무 | 인생은 연습도 리허설도 없는 연극과 같다고 한다. 주인공은 자신이지만 시나리오와 스태프(주변인)가 필요하다. 독서는 인생이라는 연극의 시나리오와 스태프 선택에 큰 영향을 준다. 2년 전 나와 변화된 지금의 나처럼.

대화의 수준이
달라지다

우 선 영

세대 차이를 극복하다

2005년 1월 마지막 주 토요일 저녁. 우울한 기분에 축 늘어진 상태로 컴컴해진 거실 중앙에서 뒹굴뒹굴 거실 바닥과 사랑에 빠져 있다. 하지만 마음속에선 눈물 섞인 목소리로 '으아아앙 우울해 우울해'를 외치며……

여자 나이 20대의 마지막을 맞이하는 해이기도 하며, 다시 잘 해보자고 몇 년 만에 다시 만난 남자친구와 몇 달 연락하다가 이별한 바로 그날이었기 때문이다. 스물아홉 아가씨에겐 어떠한 약속도 없는 날에 부모님마저 외출하시고 혼자 있는 주말 밤이 한없이 외롭고 서글프기 마련이었다.

몸도 마음도 킴킴하기 떡이 없던 그때, 한 통의 진화가 울렸다.

"여보세요."

"어머니 계시니?"

나이가 지긋하게 느껴지는 어떤 할머니의 목소리였다.

"아니요. 지금 두 분 모두 나가시고 안 계십니다."

"그래, 그렇구나. 그럼, 네 이름이 선영이니?"

"네? 네."

이렇게 말하는 순간! 내 직감이 틀림없었다. 일명 뚜쟁이 할머니라고 불리는 분이었다. 그 할머니는 내 신분을 확인하고 나서, 숨도 쉬지 않고 줄줄 읊어대기 시작했다.

남자 나이는 몇 살이고, 어디 살고, 직업은 무엇이고, 부모님은 어떤 분이시며 등등…… 결론은, 그래 바로 "내일 선볼래?" 이거였다.

그때 머릿속을 맴도는 아버지의 말이 떠올랐다. 마트에서 장을 볼 때도 2만9천 원짜리는 손님들 관심을 끌지만, 3만 원짜리는 관심 끌기 힘들다는 말씀.

당신의 딸도 스물아홉일 때 시집을 보냈으면 좋겠다는 것이 아버지의 뜻이었다. 두 살 많은 오빠보다 동생인 딸이 먼저 결혼을 하는 것이 낫다는 게 아버지의 생각이었다.

이런 이야기를 너무 많이 들어서일까? 자동 응답기처럼 그 자리에서 대답한 후 바로 다음날인 일요일에 약속을 잡았다. 그렇게 급하게 날을 잡은 이유는 바로 나이 차이 때문이었다. 일반적인 맞선 시장에서는 평균 네 살 차이인 경우가 많았으나, 소개 받은 그 분은 바로 두 살 연상으로 친오빠와 나이가 같아 부담 없는 느낌이었다.

그러나, 그렇게 즉흥적으로 소개를 받은 상대가 한눈에 마음에 들 리는 없었다. 그 남자분의 첫 이미지는 한참 인기를 끌고 있던 갈갈이 개그맨 박준형과 비슷한 외모였다. 하지만, 그 남자는 만난 그날부터 나를 좋아해줬고, 결혼 적령기인 나 역시 이렇게 조건 없이 좋아해주고, 순수하기까지 한 사람은 없을 거란 생각이 들기 시작했다.

당시 나는 자기 계발을 위해 다른 공부를 하고 있었기 때문에 그 해에 결혼할 계획이 없었으나, 여러 가지 사정으로 만난 지 9개월 만에 평생 함께할 것을 약속했다. 그리고 그 약속 속에는 친정어머니께서 해주신 말씀이 있었다.

"직장 생활하랴, 공부하랴, 강의하랴, 힘들 테니 너의 집 살림살이는 내가 도와주겠다."

그렇게 나의 제 2의 인생인 결혼생활이 시작되었다. 그리고 친정어머니는 일주일에 두세 번은 우리가 출근한 빈 집에 오셔서 집안 살림을 해주셨다.

연애를 제대로 해 보지 못한 난 갑자기 이런 생각이 들었다. 내가 지금 하지 못한 공부는 나이가 들어도 언제든지 할 수 있지만, 지나가 버린 신혼은 다시 되돌리기 힘들다는 것. 나는 하던 공부들 모두 낮추고, 오식 신랑과 신혼의 추억을 쌓기 위해 노력했다.

결혼 후 3년 반 만에 어렵게 딸을 낳았다. 내 인생에 있어 최고의 소중한 자산이었기에 태명을 '소중이'로 정했다. 그 전 한 번의 유산 경험이 있었기 때문에 더욱 소중한 아이였다. 나의 소중이는 10개월간 나와 함께 회사를 다니고, 맛있는 것을 먹고, 좋은 것을 함께 공유하며 소중한 시간을 보냈다.

회사원, 강사, 대학원생의 일을 동시에 하고 있었기 때문에 가족은 나를 뒷받침해주는 사람들이며, 나는 사회에서 인정받는 인재로 커 가고 싶은 욕심이 더 강한 시절이었다. 그래서 출산 후 100일도 되지 않은 아이와 따로 떨어져 지냈다. 친정에서 전적으로 키워준 때문인지 딸은 철이 좀 빨리 든 느낌이 들었다.

돌쟁이 아이인데도, 키워주신 부모님은 "우린 함께 대화하면서 살고 있어. 아이가 아니라 그냥 가족이야"라는 말을 자주 하셨다. 친정집과 도보로 5분도 채 되지 않는 거리이지만, 사랑스런 나의 딸을 주말에만 만났다. 그래서인지 우리 모녀는 더 애틋한 감성을 가지고 있는 듯하다. 만나는 시간의 양보다 질이 중요했다.

내 딸이 8살이었던 어느 날이었다. 대화 도중 딸이 이런 말을 했다.

"엄마, 오늘 있었던 일들을 마인드 맵Mind Map으로 한번 그려 볼까요?"

순간 내 귀를 의심하며 다시 한 번 더 물었다.

"마인드 맵? 너 그게 뭔 줄 아니?"

"네. 학교에서 배웠어요."

딸은 말을 마치자마자 A4용지를 가지고 온다. 그리고는 곧장 그림을 그리기 시작한다. 사실 나 역시도 마인드 맵을 알기 시작한 지 얼마 되지 않은 때였다. 독서 모임에서 여러 사람들을 만나면서 마인드 맵을 공부하고 계시는 분을 통해 원 포인트 레슨으로 간단하게만 이야기를 전해들은 게 전부였다.

마인드 맵의 창시자는 토니 부잔Tony Buzan이며, 내 생각을 독특한 방식으로 정리하는 생각정리의 기술인 것이다. 단어, 색깔, 가지 그리고 그림으로 이루어져 있으며, 만들기가 매우 쉽고, 기억력이 좋아질 뿐 아니라, 놀라운 아이디어가 떠오르는 새로운 기술이라고 알고 있었다.

딸과 나는 비로소 공감대가 형성된 것이다. 이렇게 우리가 알고 있는 지식은 학교에서 배운 것이 아니었다. 나도 독서 모임을 통해 알게 되었고, 딸도 방과 후 논술 시간에 배운 것이었다.

인생은 결혼 전과 후로 나뉜다고 생각한다. 결혼 전의 나는 학교 수업에서 배운 교과서의 내용이 전부였고, 학점이 인생의 전부라고 생각하며 살았다. 하지만, 결혼 후 나는 새로운 가정이란 곳에서 가족의 사랑을 느끼며 다양한 책 속에서 지식, 지혜, 간접경

현을 통채 내가 느끼는 생각이 정리들로 살아갈 수 있다는 것을 깨달을 수 있었다.

그런 시간들이 좋아 점점 빠져들기 시작하여 2주에 한번 새벽 6시 30분이면 집을 나선다. 그 모습을 보던 딸은 독서 모임에 함께 가보고 싶다며 떼를 쓰기 시작했다. 백 번의 말보다는 한 번의 경험이 큰 기억을 남긴다. 우리는 같은 공감대를 만들어 가기 시작했다.

인생의 1순위인 딸과 나는 대화의 수준이 달라지기 시작했다. 내가 자라던 시절 우리 부모님들은 '교과서 어디까지 배웠어? 숙제는 뭐야?'라고 질문하셨지만, 지금의 나와 딸은 서로가 새롭게 들은 지식과 단어들을 이야기하며 토론한다. 그 토론의 토대는 바로 책에서 시작되었다. 30년 인생의 세대 차이를 극복할 수 있는 그것! 오직 독서를 통해서만 가능한 일이다.

우울한 삶에서 벗어나다

어릴 적부터 나는 책을 좋아하지 않았다. 심지어 만화책조차 읽지 않았다. 우연히 창원에서 독서 모임을 시작한다는 이야기를 전해 들었다. 귀가 솔깃했다. 대학원을 졸업하고 무엇보다도 나태해진 나에게 새로운 바람이 필요했기 때문이다.

나로부터 비롯되는 변화. 토요일 아침 7시부터 독서 모임 시작.

그리고 2주에 한 번, 한 달에 두 권의 책만 읽으면 된다는 사실에 부담이 적었고, 잠자고 있던 나의 게으름을 조금은 깨울 수 있는 계기가 될 수 있을 것 같았다.

사실, 독서보다는 주말에 일찍 일어나는 습관을 가져 보자는 게 1차 목표였다. 그런데 내가 참여한 독서 모임은 단순히 책을 읽고 그 책의 내용들만 토론하고 헤어지는 그런 모임이 아니었다. '본깨적'을 기반으로 하여 책에서 읽은 내용에 대해 깨우친 생각을 공유하고, 실생활에 적용하여 실천할 수 있는 내용들을 각자 이야기하고 서로 북돋아주는 토론의 장이었다. 차수가 거듭될수록 독서 모임에 참석하는 직업, 나이군도 다양했으며, 그 과정에서 내 생각은 조금씩 변화하기 시작했다.

7살 유치원생이었던 시절. 늘 외톨이에 우울하다는 생각을 많이 했다. 나보다는 오빠가 더 똑똑했고, 어른들은 남아선호 사상이 강해서 오빠를 위주로 챙겼다. 오빠와 내가 둘이 TV를 보고 있으면, 팔십이 넘으신 할머니는 나에게만 야단을 치기 시작한다.

"여자가 말이지. 엄마가 저녁 준비를 하고 있으면 넌 수저라도 상에 놓고 도울 준비를 해야지. 남자랑 똑같이 TV를 보면서 놀고 있니?"

A형 소심한 성격에 우울함은 계속되었고, 가끔씩 죽고 싶다는 생각마저 들게 되었다.

조능학교 3학년 가을쯤이었나. 햇살 좋은 어느 날, 혼자 집에 남게 된 나는 또 자살하고 싶다는 생각에 젖어들었다. 그래서 유리창에 내려 비춰주는 햇살을 등으로 맞으며 엎드려 유서를 써내려가기 시작했다. 어린 마음에도 자살을 하기 위해서는 유서를 꼭 써야한다고 생각했던 모양이다.

'유서'라고 A4용지에 크게 쓴 후 이름, 주소 등을 쓰고 내용을 써내려가기 시작했다.

'우리 동네는 침대 있는 친구들이 많이 없는데, 내 침대는 미영이를 줬으면 좋겠어.'

'그토록 바라왔다가 3개월 전의 새 책상이니 이 책상은 선영이에게로……'

'그리고 우리 집의 가장 비싼 물건인 피아노는 나 없으면 우리집에서 누가 칠 수 있을까?

아깝기도 하지만 고민 끝에 이건 친한 친구인 영순이를 줬으면 해.'

그러면서 방안에 보이는 아주 작은 소품까지 하나하나 누구한테 전해주라며 써 내려갔다. 얼마나 흘렀을까, 쓰다 지쳐 잠이 오기 시작했다. 그리곤 적어 내려가던 그 종이를 침대 밑에 스윽 밀어 넣어버렸다. 그렇게 몇 시간이 지났을까? 잠에서 깬 나는 유서를 쓰다가 잠들었다는 사실을 까마득히 잊고 있었고, 그 유서는 며칠 뒤 침대 안쪽으로 숨바꼭질 놀이로 들어가 있던 오빠의 눈에 발각되었다.

그 사건으로 인해 집안은 발칵 뒤집어졌으며, 난 엄청난 꾸중을 들어야만 했다.

시간이 지나면서 자살이란 단어는 내 머릿속에서 조금씩 사라지기 시작했다. 부모님은 오빠만 사랑하는 것이 아니라 딸인 나도 똑같이 사랑한다며 계속 말씀해 주셨다. 그럼에도 불구하고 늘 외롭고 우울한 감정은 쉽게 떠나지 않았다. 그렇게 세월은 20년이 더 흘렀고, 그 세월 속에서 수많은 일들을 겪으며 어른으로 성장했다.

창원이 고향인 어느 저자의 책과 강연을 들으며, 평범한 하루를 특별한 순간으로 바꾸는 감사의 에너지인 감사일지에 대해서 알게 되었다. 감사는 그냥 상대방에게 '감사합니다'라고 인사하는 게 전부라고 생각했던 나는 습관을 만드는 감사일지를 21일간 쓰기 시작했다. 감사일지를 쓰면서 하루하루의 생각이 긍정으로 바뀌는 계기가 되었다. 쓰는 시간이 정해진 것도 아니었다. 생각날 때마다 언제 어디서든 쓸 수 있었다.

감사하는 마음, 긍정의 생각들이 내 마음을 움직이기 시작했다.

'감사해요. 깨닫지 못했었는데, 내가 얼마나 소중한 존재라는 걸……'

하루하루에 감사하며, 감사한 일들이 너무도 많았기에 눈물겹게 하루가 행복했다. 책을 읽고 많은 경험을 하고, 많은 이야기를 사람들과 나누면서 성장을 통한 행복을 느낀다.

생각을 성과로 이끄는 성공 원동력을 다룬 책을 읽으면서 나는 또 한번 배우고 성장하게 된다. 그 책에도 실행력 Jump-Up 21일 프로젝트가 소개되어 실천하도록 되어 있다. 단순히 책을 읽고 느끼는 것만이 중요한 것이 아니라, 실제 몸소 실천을 하라는 저자의 생각이 담겼다.

내가 감동 깊게 읽은 책들에는 공통점이 있다. 먼저 눈에 띄는 노랑색의 표지이다. 이 노랑색은 사전적 의미로 보면 심리적으로 자신감과 낙천적인 태도를 갖게 하며, 새로운 아이디어를 얻도록 도움을 주는 색채이다. 그래서일까? 난 자꾸만 이끌린다.

그리고 전한다. 나처럼 어떻게 살아야 할지, 무엇을 향해 가야할지, 어떤 생각의 전환이 필요한지의 갈피를 잡지 못하는 친구에게 함께하자고 손을 건넨다.

괴테의 이런 말이 떠오른다.

"여러 가지로 그대는 게을렀다. 행동하는 대신 그대는 꿈을 꾸고 있었다. 감사해야 할 때 그대는 침묵을 지켜 왔다. 여행을 했어야 했건만 그대는 자리에 누워 있었다."

그렇게 우울하고 부정적인 생각들로 가득 차 있던 내 머릿속에 40년이 지난 지금에서야 해답을 주고 있는 것이다. 그건 바로 책이다. 책 향기에 빠져, 힘든 일이 있을 땐 책에게 물어본다. 그리고 말을 건넨다.

우선영 | 우리는 하루에도 수만 가지 생각을 하며, 선택을 통해 하루의 일상을 만들어 낸다. 그러나, 그렇게 보고, 읽고, 느끼는 시간들의 일상을 인지하지 못한다. 표현하는 삶! 그 일상을 글로 남기려 한다. 그게 바로 내 삶의 모습이니까!

05

중독에서 벗어나다

김 정 은

도로 한가운데 서버린 육아

"빵! 빵!"

경적 소리에 고개를 들어 주위를 살폈다. '아차!' 보행자 신호는 이미 빨간불이 켜져 있었다. 순간 얼굴이 달아올랐다. 유모차를 얼른 밀어 남은 두 차선 횡단보도를 빠져나왔다. 유모차에서 막 잠이 들었던 아기가 경적 소리에 놀라 일어나 보챘다.

"아가야 미안하다. 엄마가 이놈의 핸드폰 보느라 정신이 없었네. 어구, 어구, 착하지 자장~자장."

원래부터 핸드폰을 많이 보는 습관이 있었던 건 아니었다. 임신을 하고 직장을 그만두고 태교를 하며 지낼 때만 해도, 전자파가 태아에게 나쁜 영향을 끼칠까 열심히 자제했었다. 아이가 태어나서도 전자파 공해로부터 보호해야 한다며, 수시로 TV와 인터넷 공용 셋탑 박스를 꺼 놓아서 남편의 불평을 들을 정도였다. 그랬던 내가 육아의 고비를 하나 둘 마주하게 되면서 핸드폰에 의지하게 되었다.

"여보, 잠 좀 자라. 애 보느라 밥도 제대로 못 먹고, 하루 종일 잠도 제대로 못 잤다면서, 눈이 시뻘게 가지고 뭐 보고 있노?"

"있어 봐라! 모유 수유에 뭐가 좋은지 찾고 있다. 지역맘 카페에 보니깐 마테차가 좋다는데, 돼지족을 한약재랑 고아 만든 것도 있다는데 이것도 주문해 볼까?"

충분했던 모유가 갑자기 부족해지자 답답해진 나는 지역맘 카페에 고민을 털어놨고, 엄마 회원들이 달아준 댓글들을 참고로 원인이 무엇인지, 무엇을 먹으면 좋은지 핸드폰으로 찾아보기 시작했다. 그렇게 추천해준 것들을 다시 다른 육아 파워블로거들의 체험기로 재확인해 보고, 최저가를 알아보고, 정품인지 아닌지 알아보느라 몇 시간이고 보내는 것이다.

그렇게 주문한 상품들을 처음엔 열심히 챙겨 먹다가도, 한약이든 차든 끝까지 먹어본 적이 없던 나는 결국 다 먹지 못하고 남아 아까워하다, 역시 지역맘 카페에 나눔을 해버렸다.

육아와 관련해 양육 스킬, 육아 고민, 먹는 거, 날씨가 어떤데 옷을 어떻게 입혀야 되느냐까지 시시콜콜한 것까지 육아맘 카페와 블로그를 통해 시간을 보냈고, 육아는 아이템빨이라는 신 육아법에 뒤처질세라 새로운 육아용품을 찾고 비교하고, 최저가를 알아보느라 핸드폰 육아에 빠져들었다. 아이 수면 시간, 수유 시간 체그 어플, 배변 체크 어플, 울음소리 감별 어플, 별의별 육아 어플이 약간의 광고만 봐주면 무료로 육아를 도와드리겠다고 하니, 오히려 '땡큐'라고 생각했다.

오랜만에 육아에 있어선 선배인 친구를 만났더니 "야! 육아는 아이템빨이야!"라며 이것저것 알려준다. 그날 밤은 또 밤새 인터넷 쇼핑몰을 들락거린다. 인터넷 육아에 빠져들고 있었다.

아이에게 해줘야 할 것은 넘쳐났다. 인터넷 육아 정보는 유용하기도 했지만, 다른 육아 방식끼리 충돌했고 잘못된 정보도 많았다. 그런 정보의 홍수 속에서 다른 엄마들과 비교해 내가 뒤쳐지는 것은 아닌가? 하는 비교 불가능한 비교에 빠져들었다.

아이가 잘 때만 몰래 하던 핸드폰이 점점 아이 앞에서도 자주 하게 되었다. 엄마가 자주 핸드폰을 보고 있으니, 아이도 점점 핸드폰을 보여 달라고 조르고 있었다. 아이 앞에서는 안 해야 된다는 것을 알면서도 잘 되지 않았다. 심심해서 핸드폰을 보는 게 아니라, 지금 아이에게 해줘야 할 것을 핸드폰으로 찾고 있는 것이라고 생각했다. 그러면서 아이에게 집중하지 못하면서 말이다.

그러던 나에게 지인으로부터 《심플육아》란 책을 소개 받았다. '아이에게 해주면 좋은 수많은 것들을 끌어모으며 허덕이기보다 하지 않을 것을 기억하면 육아는 심플해진다'라는 소개 문장을 보는 순간, 마치 나를 향한 조언 같았다. 인터넷에 정제되지 않은 육아의 정보와 상품들에 빠져 허덕이는 내 자신이 보였다. 책을 읽고, 아이가 아닌, 엄마인 내 자신을 보아야 한다는 생각이 들었다. 더 이상 핸드폰으로 육아를 해서는 안 되겠다는 결심을 하게 됐다.

아이를 낳기 전엔 책도 가까이 했었다. 아이를 보면서 책을 읽는 시간을 가진다는 게 사치처럼 느껴졌다. 거실 책장에 꽂혀 있던 책들도 육아용품에 자리를 다 내주고 있었다.

내 자신을 돌아보는 시간으로 책을 집어 들었다. 많은 육아서 중에서 엄마의 마음을 살펴주는 책들부터 읽기 시작했다. 책 속엔 수많은 육아용품들은 없었다. 책을 읽으며, 공감의 눈물을 흘리기도 하고, 위로와 격려도 받았다. 점점 육아서 외에 다른 책들도 보이기 시작했다. 아이를 데리고 유모차 산책을 나갈 때도, 가방 한켠에 책 한 권을 챙겨 나가기 시작했다. 아이가 유모차에서 잠들면 공원 벤치에 앉아 아이가 깰 때까지 책을 꺼내 읽었다.

아이를 데리고 늘 갈 곳이 없다고 생각했는데, 동네 마을 도서관도 가게 되었다. 이제는 일주일에 두세 번은 마을 도서관에 간다. 유모차를 타기 싫다고 보채면 아이를 업고서도 도서관에 갔다. 처음 다닐 땐 걸음마도 못 떼던 아이가 자주 보는 마을 도서관 사서에게 걸어가 인사도 건넨다. 지금은 도서관에서 아이와 동화책을 읽다 시간을 보내고 오기도 한다. 아이도 함께 책을 읽는다.

그렇게 읽기 시작한 육아서가 100여 권이 되었다. 수많은 책을 읽고, 흔들리던 나의 육아관도 자리 잡게 되었다. 그렇게 읽은 책들 속에서 나온 결론은 엄마의 마음 공부였다.

오랜만에 육아 후배 동생을 만났다. 여러 육아 고민을 털어 놓길래, 섣부른 조언보다 그에 맞는 이런저런 책들을 추천해주며 그 중 집에 있는 책을 선물해주었다. 나의 책 읽기가 누군가에게 도움이 되고 선물이 될 수 있었다. 새로운 즐거움이었다. 틈만 나면 인터넷을 하루 종일 뒤지며 육아용품에 파워블로거 육아 정보에 휩쓸렸던 시간들에서 나를 꺼내준 책이 있어 가능했다.

지금도 가끔 나의 육아관이 흔들릴 때면 그때 읽었던 책들을 꺼내 밑줄 쳐진 내용들을 읽어보며 엄마의 마음을 챙긴다. 아이의 마음을 챙겨본다.

육아 중독에서 벗어나다

"고마워, 여보. 무사히 일 년이 지나갔네. 그런데 앞으로도 잘 할 수 있을까? 나 정말 자신이 없어. 일 년을 최선을 다했는데, 여전히 왜 이렇게 힘들까? 내가 잘 하고 있는지도 모르겠어."

돌이 지나고 나면 나의 생활이 조금은 나아질 줄 알았다. 일 년이 지났지만, 육아는 여전히 적응 중이었고, 사회에서 완전히 멀어져버린 내가 초라하게 느껴졌다.

"나 너무 답답하고 힘들어."

"주위에 다른 애기 엄마들이랑 만나서 시간도 보내고 해봐."

"글쎄……."

그렇지만 육아 맘들과의 만남도 내겐 불편했다. 만나면 아이와 남편 이야기, 텔레비전 이야기다. 어느 날부터 너무나 비생산적인 대화가 피곤해졌다. 육아관의 차이도 불편함을 더했다. 그리고 난 텔레비전도 잘 보지 않는다.

아직 말도 제대로 하지 못하는 아이와 하루 종일 대화하다 보면 아이의 언어 능력은 향상되는데, 나의 언어 능력은 오히려 퇴보하는 기분이 들었다. 그러고 보면 하루 종일 한두 단어로 이루어진 문장만 말하고, 쓰는 단어도 몇 개 되지 않았다. 예전처럼 다른 사람 앞에서 내 생각이 말로 잘 나오지 않았다. 단어가 생각나지 않았다.

즐겨 읽었던 육아서도 더 이상 머리에 들어오지 않았다. 다른 이야기를 하고 싶었다. 삶이 너무나 무의미하고 아이의 미소에도 같이 웃어 주지 못하는 시간들이 늘었다. 돌잔치 후 뒤늦게 찾아온 육아 우울증이었다.

육아 초기에는 하루 종일 있다시피 한 지역맘 카페에 오랜만에 다시 들어갔다. 답이 있을 거란 기대는 하지 않았다. 육아 이야기가 아닌, 다른 이야기를 할 수 있는 지역맘 카페에서 찾고 있다니, 나도 참 한심하단 생각을 했다. 그러다 우연히 어느 '독서 모임'에 초대한다는 게시글을 읽게 되었다.

'그래! 이번 기회에 다른 분야의 책도 읽고, 새로운 사람도 좀 만나 보자!'

"여보, 나 독서 모임에 나가 보려고."

"그래? 당신도 하고 싶은 거 있음 해봐."

"고마워, 근데 그 독서 모임이 토요일 아침 7시에 있어."

"뭐? 그렇게 일찍? 애가 일어나서 여보 찾으면 어떻게 해?"

"어떡하긴 뭘 어떻게 해! 이제 애가 젖도 뗐고, 그래봐야 몇 시간도 안 되잖아, 2주에 한번이야. 밤늦게 나가 놀겠다는 것도 아니고. 이 정도도 못하겠다는 건 아니지?"

혼자서 아이를 본 적이 한 번도 없었던 남편이었다. 하지만 남편도 부쩍 나에게 새로운 활력이 필요하다는 점에 동의하고 있었다.

새벽 6시. 혼자서 길을 걸어가는 기분이 묘했다. 이 시간에 혼자서 길을 걸어가다니. 일부러 차를 타지 않고 걸어갔다. 모임 장소까진 걸어서 30분 정도 거리였다. 원래 혼자 걷는 것을 좋아했다. 그러나 아이를 낳고 처음이었다. 혼자만의 외출. 천천히 이 과정을 음미하고 싶었다. 나오면 아이 걱정이 될 줄 알았다. 그러나 그 생각도 잠시, 지난 주 읽었던 주제 독서의 내용들과 새로운 만남에 대한 두려움과 호기심들로 생각이 가득 찼다. 첫 독서 모임에서의 기억은 지금도 잊혀지지 않는다. 그렇게 많은 사람들 앞에서 말을 해본 적이 얼마 만이었는지 손이 덜덜 떨릴 지경이었다. 횡설수설 감상을 발표하면서도 기뻤다. 이 얼마 만의 지적인 대화란 말인가!

2시간의 독서 모임이 끝나고, 그제야 고군분투하고 있을 남편 걱정에 전화를 했다.

"여보! 괜찮아? 힘들지? 미안해. 근데 나 너무 재밌었어. 계속 독서 모임에 나오고 싶어!"

"그래? 그러고 싶으면 그렇게 해. 아기는 걱정 마. 나랑 잘 놀고 있어. 천천히 더 있다 와도 돼."

"아니야! 오늘은 이걸로 충분해! 오늘 시간이 너무 소중했던 것만큼, 그런 시간을 가능하게 해준 당신이랑 애기가 너무 보고 싶어. 고마워!"

그렇게 아이 돌이 지나고 2주마다 독서 모임을 나가게 되었고, 아이가 두 돌이 다 되어 가는 이제는 2시간 독서 모임 후 애프터 미팅까지 오전 내내 독서 모임을 누리고 있다. 혼자 아이 보기에 자신감이 붙은 남편을 좀 더 북돋아, 2주일에 한 번 평일 저녁에도 독서 소모임에 나갈 수 있는 시간을 만들었다.

대신 남편에게도 주말 저녁 중 하루는 자유롭게 혼자만의 시간을 보낼 수 있게 배려해 주었다. 그제야 나뿐만 아니라 남편도 육아에 지쳐 있었다는 사실을 알았다.

책이 나를 육아 감옥(?)에서 세상 밖으로 나오게 했다. 늘 혼자서 갇혀 있는 나를 면회 하느라 힘들었던 남편의 입장도 이해하게 되었다.

내 삶이 육아로 '표류'하고 있다고 느끼며 우울해 했던 날들이었다. 독서를 통해 새로운 만남을 하며 바뀌기 시작했다. 늘 읽던 육아서가 아니라, 자기 계발서부터 인문학까지 다양해졌다.

예전엔 집안일을 할 때 아이가 옆에서 달라붙으면 방해가 되어, 아이가 잘 때 했는데 이제는 아이가 낮잠이 들면, 설거지를 하다가도, 빨래를 개다가도 내려놓고 책부터 읽었다. 집안일이 좀 밀려 있어도 좀 덜 완벽하고 시간이 많이 걸려도 아이가 깨어 있을 때, 아이와 함께 집안일을 한다. 육아에도 퇴근이 생겼다. 아이 밤잠을 재우고 나서도 육아 정보를 뒤지고, 육아서를 읽고 고민하던 시간을 던져내니 가능했다.

기저귀쟁이 아기를 키우며 한 달에 한 권도 책을 읽기 힘들다 생각했는데, 이제는 일주일에 많게는 4권씩 책을 읽게 되었다. 요즘은 책 적금통장을 하나 만들어, 한 권 읽을 때마다 5천 원씩 저축하고 있다. 받는 분 통장 표시에 자유롭게 기록할 수 있어, 책 제목을 기입해 입금했다. 통장 입금 내역이 독서 리스트가 된 것이다. 1년 만기가 되면 자기 계발 투자금으로 쓸 계획이다. 육아 외에 아무것도 생각할 수 없었던 나의 생활에 독서가 앞으로의 다른 꿈을 꾸게 해줄 밑천이 되어 주었다.

김정은 | 소란한 하루를 책갈피에 끼워두는 시간을 사랑한다. 삶이 고여 있고, 숨막히게 조여올 때, 책을 펼쳐 한 걸음 내딛는다. 노란 연필을 책 방랑자의 지팡이 삼아 슥삭슥삭 종이 길에 발자국을 남긴다.

힘든 일들을 겪으면서
다시 기가 찬 답이 필요해졌을 즈음
책은 그렇게 내게 왔다.

다시 시작하는 인생, "치유"

백 미 · 이소연 · 이은희 · 이정선

상처를 치유하다

백 미

집게손가락

혼자 소여물을 힘들게 썰고 있는 막내 오빠를 돕고자 나섰다. 오빠가 짜증이 날 만큼 작두의 날은 무뎠고 짚단은 매번 힘만 뺐다. 오빠는 안 되겠는지 나에게 짚단을 맡기고 작두를 잡았다. 그나마 소여물이 잘리기 시작했다. 빠른 속도로 작두를 누르기 시작했다. 결국엔 그 속도를 맞추느라 엇박자를 냈고, 급기야 손이 빠지기도 전에 손가락이 잘렸나 보다.

순식간에 벌어진 상황 앞에서 손가락 끝은 하얗게 잘렸고 이내 붉은 피가 새어 나왔다. 오빠는 당황했고, 엄마는 수건으로 손가락을 지혈시켜 동네 약방으로 향했다. 시골 약방은 그 어떤 응급 조치도 하지 못했고 병원행만 재촉할 뿐이었다. 비가 질척질척 내렸고 교통 수단이라고는 오로지 한 시간 반마다 오는 시골버스뿐이라 엄마는 정신없이 비포장 자갈길을 달렸다. 겨우 열 살 딸아이를 소 몰 듯 뛰고 걷고를 반복하며 읍내 병원으로 질주했다.

떨어져 나간 손톱을 들고 뒤따라 온 오빠가 부르고 있다는 사실도 모를 만큼 급박했던 그때의 상황은 아주 슬픈 자화상으로 오랫동안 삶에 남아 있다. 흐린 기억 속 아버지 모습이 선명하다. 애지중지 아끼고 사랑하는 딸의 손을 보며 망연자실 하셨고, 그런 아버지께 의사는 1시간 넘게 방치되어, 손가락의 마디를 잘라야 하고 치료가 앞으로도 간단치 않다고 설명했다. 아버지의 결단은 의사의 설명을 뒤엎는 정반대의 모험을 택하셨다. 가능성 1프로도 없다는 손톱을 붙이는 수술을 선택하셨다. 손가락에 손톱이 있는 것과 없는 것의 차이는 하늘과 땅만큼 중요함을 오래도록 깨달으며 살고 있다.

아버지는 의사를 향해 실패해도 좋으니 돈 걱정 말고 일단 꼭 손톱을 붙일 수 있는 최선을 부탁하며 매달리셨다. 하도 간곡하게 매달리는 아버지의 뜻을 어쩔 수 없이 받아들인 의사는 대신 마취제를 사용할 수 없다고 했다. 손톱의 신경을 최대한 살리려는 의도였던 것 같다.

의사는 소독을 하고 마취제도 없이 떨어져 나간 손톱을 붙이기 시작했다. 바늘이 생살을 꼬맨다는 건 상상 이상의 고통이었다. 열 살의 아이가 견뎌 내기엔 너무 가혹했다. 목이 터져라 비명을 질렀고, 아버지께서는 온몸으로 어린 딸을 껴안고 누른 채 피눈물을 흘리셨다. 아마도 너무 놀란 나머지 눈의 실핏줄이 터졌던 것은 아닌지 하는 추측을 지금에야 해본다.

한 땀 한 땀 상처를 꿰매면 꿰맬수록 통증은 극에 달했고, 온몸은 부들부들 떨리며 눈이라도 튀어나올 듯 벌떡! 상체가 들썩였다. 그 순간 기절을 했던 것 같다. 긴 악몽에서 깨어난 듯 손끝에서 느껴지는 통증은 밤을 설치게 만들었다. 마치 손가락의 절규처럼 비명을 지르며 아우성치는 욱신거림은 지금도 손끝에서 맴돈다. 그렇게 열 살 박이 소녀의 손가락은 영원히 지울 수 없는 흉터를 남겼다.

급하게 꿰맨 손톱이 그나마 붙긴 했지만, 비뚤하고 손톱 밑의 근육이 궤사되어 떨어져 나가 손톱을 지탱하는 근육이 없으니 자세히 보면 보기 흉했고 남들 앞에 손 내미는 일이 죽기보다 싫어졌다. 가장 힘든 건 섬세함을 요하는 손놀림이 둔하고 자꾸만 왼손을 사용하게 된다는 거였다.

신체의 일부가 기형이 되어 의기소침한 나날이 이어지면서 예전과 다르게 소심한 아이가 됐다. 오빠도 엄마도 원망스럽고 싫어졌다. 아버지의 깊은 사랑과 진심은 느껴지는데 엄마와 막내 오빠는 진심으로 미안해하는 것 같지 않았고, 별로 아파하는 것처럼 느껴지지도 않았다. 그들이 밉고 서운했다.

열 살의 영혼을 아프게 만든 엄마랑 오빠에 대한 원망과 미움이 오래두록 자라고 있을 즈음, 깁 킹고 흰 귀퉁이 작은 서세를 말견했다. 나무로 아무렇게 만든 책꽂이였지만 그건 세상 어디에서도 발견할 수 없는 멋진 도서관이었다. 둘째 오빠의 섬세한 인격이 만들어낸 기적의 작은 도서관. 그 도서관은 어린 소녀에게 속삭였다.

"여기서, 위로받고 힘을 내렴!"

그때, 친구가 되어준 책을 통하여 세상 밖으로 고개를 내밀고 신체 한 부분의 기형이 주는 또 다른 상처를 벗어나기에 충분한 마음 그릇을 갖게 되었다. 질문하고 답을 준 유일한 책, 그 책이 슬픔과 외로움을 걷어 주었다. 책장을 넘길 때마다 필요했던 집게손가락에 침을 발라가며 한 장 두 장 넘기며 밤을 지새우고, 읽었던 책을 통해 미움과 원망을 잠재웠고, 심지어 기쁨과 행복을 생성시키는 지혜로움을 가질 수 있게 해주었다.

책 속에서 사람을 사랑하는 방법과 사람을 위로하고 아픔을 줄이고 희망을 전하는 지혜를 터득할 수 있었다. 소심함의 긴 터널에서 스스로 걸어나와 밝게 미소 짓는 얼굴로 거울 앞에서 자신에게 말을 거는 연습을 했다. 세상의 아름다운 자연에 취하고 그 감동을 글로 표현하고 끌리는 이에게 사심 없는 편지를 썼고, 용감한 정의로움까지 움트기 시작했다.

책은 차갑고 텅 빈 마음의 터널에 빛을 주었고, 그 빛을 눈이 부시게 바라보는 시야를 트이게 도와주었다. 누군가에게 마음을 표현하고 위로와 공감을 끌어내는 능력도 덤으로 얻었다. 읽고 쓰는 기쁨은 더할 나위 없었다.

거울을 비추듯 자신을 들여다보게 되었고, 다른 이의 말을 가슴으로 들을 수 있는 진정어린 경청의 자세를 가질 수 있었다. 마음의 그릇을 선물 받은 독서는 그렇게 늘 따뜻한 품을 내어 주었고, 언제 어느 때건 상처받은 열 살박이 소녀를 지금 53세의 반듯한 어른으로 성장시켜 주었으며, 앞으로도 죽는 날까지 인생의 굴곡진 삶의 상처와 수없는 질문과 해답을 일러주는 인생의 이정표가 되어 주리라!

그래서, 늘 행복을 선택하고 행복을 지배하며 잘 살아내고 있음에 스스로 박수를 보내본다. 며칠 전 군에 가기 위해 휴학 중인 아들과 함께 마라톤에 참석하여 완주를 했다. 독서를 통한 긍정적인 효과는 삶의 많은 부분까지 영향을 미치기 시작했다. 엄마를 통해 투사되는 반사 작용은 아들에게 흐르는 물처럼 고이지 않고 목마름을 적시듯 갈증을 해소하는 청량제 역할을 톡톡히 하고 있다.

부모가 책을 읽는다고 해서 자녀가 다 부모처럼 되지는 않는다. 특히 두 아이는 제대로 읽어내는 책 한 권이 없었다. 그랬던 아들은 독서광이 되어 최근엔 대학 라이프 아카데미에 가입하여 많은 분량의 책을 읽어내고 소화했다. 너무나 흐뭇하고 즐거운 기쁨이다. 이젠 알아서 서점에 가 필요한 책을 지속적으로 구입해서 읽고 있다.

엄마의 집게손가락과 외삼촌의 기적의 도서관 이야기며 아팠던 기억들은 책을 통해 이겨내고 치유할 수 있었다 하니 고등학교 3년을 보내면서 상처 입었던 기억들을 끄집어내고 엄마가 사다준 책을 통하여 분노와 좌절을 알아차리고 버텼다 한다.

아들의 고등학교 3년은 책 한 권 분량은 족히 나올 만큼 파란만장했다. 철저하게 자신을 외골수로 무장했던 3년이 지났을 때 아들만큼 성장한 엄마가 되어 있었다.

며칠 전 아들의 책상 서랍에서 한 통의 편지를 발견했다. 한 편의 시와 그림이 있는 편지 봉투였다. 유채밭의 봄날이 노랗게 물든 사진에 시가 있는 그림을 오려 붙여서 보냈었다. 그 편지는 봄 길을 노래하는 시 구절을 선택했고 때 맞추어 아들의 마음을 토닥일 만큼 충분한 감동을 주었다. 아들의 답장도 받아 보았다. 엄마와 아들의 편지 주고받기를 실천하는 사람이 과연 몇이나 될까?

독서를 통한 치유를 넘어 쓰기의 치유도 해보려 한다. 늘 마음만 먼저 앞서고 머릿속 이야기는 끝없이 맴돌지만 끌어내기엔 너무 역부족임을 느껴보는 3월이다. 온통 벚꽃이 팝콘처럼 만개하여 하얀 꽃의 향연 중이다. 자연에 심취하고 그 아름다움에 매료되는 즐거움을 독서를 통하여 배웠다. 가만히 눈을 감고 꽃향기에 은은하게 쉼호흡을 들이쉰다. 손가락을 아직은 당당히 드러내 놓지 못한다. 부끄러움보다 손의 본능이 오래도록 습관처럼 길들여진 탓이다.

하지만 미움도 원망도 내려놓고 행복을 지배하고자 한다. 행복을 지배하고 행복을 잘 알아차리는 엄마. 그런 엄마가 되고자 읽고, 쓰고, 뛰고, 여행을 매일 떠나는 마음으로 길을 나선다. 낯설기도 하고 익숙하기도 한 그 길을.

아버지의 유언과 엄마의 기억력

아버지는 늘 자전거로 마중을 나오셨다. 자전거 뒤에는 늘 딸을 태웠고, 비포장도로를 힘겹게 달렸다. 어느 날부턴가 그 페달 소리는 들을 수가 없었다. 가끔 아버지의 모습이 눈앞에 나타났다.

아버지께서는 긴 투병 생활을 하다가 끝내 간암으로 돌아가셨다. 눈을 감는 순간까지도 자식을 걱정했다. 임종 전의 가쁜 호흡을 몰아쉬면서도 군에 간 아들을 기다리며 버티셨다. 둘째 아들이 급하게 전보를 받고 와서야 유언을 남기셨다. 법학을 전공한 둘째 오빠에게 꼭 고시 공부해서 판검사 되길 당부하셨고, 마지막으로 엄마를 부탁하셨다. 오빠는 사회 초년생 때부터 지금까지 매월 엄마에게 생활비를 빠트리지 않고 보내주고 있다. 아버지와의 약속을 지켜내는 오빠. 그런 오빠를 당연하게 여기는 엄마. 그 속에서 딸 노릇 기본만 근근히 해내는 나.

딸인 나는 별로 안중에도 없는 것 같더니, 얼마 전에는 "니 손이 와 글노?" 물으신다. 너무 기가 막혀서 더 이상 말을 못 했다. 정말 모르시는 건지 일부러 그런 건지 알 수가 없다. 어떻게 저렇게 모를 수가 있단 말인가.

손가락 끝이 둔하니 아주 불편할 때가 많다. 지금껏 살아오면서 손톱이 왜 그러냐고 물어 본 사람들이 몇 명 있다. 그들에게 설명을 하면 너 나 할 거 없이 아버지의 깊은 사랑을 말한다. 손끝 한 마디 잘린 동네 언니를 본 적이 있다. 그 언니는 동네 친구들의 놀림의 대상이었다. 예쁘진 않지만 손톱이 붙어 있어서인지 나는 놀림 받은 기억은 없다.

아버지께선 딸을 위하여 손톱만은 붙여 주고 싶으신 거였다. 세상에 놀림으로 상처 받지 않기를 바라셨던 것이다. 아버지와 엄마의 자식 사랑은 확연히 차이 났다. 오빠도 내게 단 한 번도 집게손가락 어떠냐고 물어보지 않았다.

두 친구가 생각난다. 둘 다 손톱에 매니큐어를 칠해준 친구들이다.

"이 손톱은 와 이렇노?"

어릴 적 다친 이야길 하면, "세상에!" 하면서,

"이 손톱은 더, 이쁘게 정성스럽게 칠해야겠다"라고 말한다.

그 말이 얼마나 큰 위안이었는지 모른다. 그 친구들은 오래도록 우정을 나누고 있다. 서서히 손끝은 불편한 아픔을 잊어가고 있다. 오빠는 이미 이 세상 사람이 아니다. 조카들을 위해서 바다 여행도 시켜주고 바나나 보트를 태워주고 자연산 바다회도 마음껏 먹게 해주던 속정 깊은 오빠였다. 그렇게 빨리 떠날 거라곤 상상도 못했다. 작별 인사도 없이 바다로 떠난 오빠와의 추억도 떠오르고, 아버지도 많이 그립다.

막내 오빠가 떠난 후, 참으로 많이 힘들었다. 가끔 지인들의 장례식에 가 빈소 앞에 서면 속으로 늘 '우리 아버지, 오빠 만나면 안부 좀 전해주세요.' 하고 빌었다.

죽음의 문턱에서 미련도 후회도 남김없이 내던지고 남은 이들에게 가족을 잘 부탁한다며 당부하면서 눈 감는 사람은 과연 몇이나 될까. 그렇게 생의 끝에서 멋지게 눈 감는 사람이고 싶다.

남은 가족을 걱정하며 당신의 고통은 뒤로 한 채 오직 자식들과 아내 걱정만 하셨던 아버지, 그와 반대인 엄마. 그런 엄마를 위해서 매년 생신 때면 일부러 과일장을 봐간다. 박스에 종류별로 과일을 사서 한 상 가득 담아내면 행복해 하신다. 이젠 엄마가 무심하게 대했던 지난 상처는 희미해져 간다. 엄마 기억의 저편에는 딸의 상처를 돌아볼 마음의 여유가 없었던 거였겠지. 엄마 딸로 사는 인생 나쁘지 않았다고 여기며 살고 있다. 마음속으로 바랐던 엄마의 모습은 순전히 나의 부질없는 욕심이었다.

이젠 세상을 떠난 아버지도 오빠도 내려놓고, 남은 시간을 잘 살아내자! 그렇게 위안을 갖는다. 모든 것이 뜻대로 되지 않는다. 사람의 운명도 집게손가락의 운명도 모두 자연적으로 일어난 일들이다. 엄마가 그렇게 되길 원해서 일어난 일이 아니었다. 하지만 오랜 시간 엄마가 지켜주지 못해서 일어난 일이라 여겼다. 어디선가

본 글귀가 떠오른다. 밝은 마음으로 오늘을 맞이하면 오늘도 당신을 연인처럼 밝고 기쁜 얼굴로 맞이해준다.

모두가 그대로 나의 그림자이다. 밝고 환한 빛을 선택한다. 어려움이 닥쳤을 때 그때가 바로 성장과 발전의 기회임을 안다. 어려움은 나를 괴롭히기 위해 오는 것이 아니라, 나를 연마하고 일깨우기 위해 오는 거라는 사실을 이제야 깨닫는다. 문제에서 도망치기보다 해결하며 안으로 자신을 보고 지혜를 얻어 스스로 이끌어가는 원동력임을 책을 읽고 글을 쓰는 동안 뉘우친다. 진심으로 후회와 반성 속에 두려움을 극복한다.

기쁘게 느끼고 감사하면 스스로 빛나는 별이 된다 했다. 사물의 밝은 면을 보면 저절로 고마워지고 주변엔 기뻐하고 감사하는 사람들로 인연을 맺는다. 마음의 문을 크게 열고 상식의 경계선을 벗어나 상식을 뛰어넘는 자기 한계를 넘어서는 길을 배워본다. 명랑하고 진취적인 말, 친절하고 따뜻한 말, 힘과 건강을 일깨우는 말, 시간을 살리고 우리들 앞에 다가오는 시시각각의 반전을 설레며 지금을 잘 살려서 쓰기만 하면 시간은 기쁨으로 넘쳐난다.

과거는 이미 지나가 버린 것. 눈물도 이미 흘러버린 것이다. 과거를 붙잡고 놓지 않는 것은 다만 마음일 뿐이었다. 과거의 마음을 떼어 놓아본다. 새벽은 아픈 지난 과거를 떼어버리고 새로 태어나는 좋은 기회다. 밤의 장막이 걷히고 햇살이 차오르는 모습에 기도를 간절히 해 본 적이 있다. 마음의 눈으로 밝은 빛을 보고 "나는 행복하다!" 외치면 삶의 진로는 자석처럼 끌어당겨져 오고, 우리는 언제나 행복과 건강과 자유와 마음의 평화를 끌어당기는 마음의 파동을 일으키는 사람이 될 수 있다.

지금의 엄마는 팔순의 노인이다. 집게손가락의 아픔을 치유해주지 않았다는 이유로 엄마를 미워하고 원망해온 그 시간이 결코 헛된 시간만은 아니다. 미움을 통하여 더 큰 사랑과 자아를 찾았으니 성장의 밑알이 된 셈이다. 열 살의 소녀가 겪은 공포도 살아내는 동안 씨앗처럼 열매를 맺는 계기로 삼았다. 매일 책을 읽고 있으면 생각은 끊임없이 성장을 한다. 뇌의 깊은 곳에 자리한 외상 트라우마는 말로 표현하기 불가능했지만 견뎌내었다.

생각을 멈춰야 할 때, 모든 이성적 사고를 끊어본다. 가능하다. 형태가 없지만 생각을 통제한다. 습관처럼. 가끔 마라톤 대회에 나가서 주로를 달리면 카메라로 러너들의 모습을 촬영해준다. 카메라 앞에서 양팔을 활짝 펴고 미소를 짓는다. 무의식 중에 벌린 양팔 끝 손가락 마디가 내 시야에 들어온다. 표가 난다. 약간 짧아 보이기 때문에. 또 그때의 기억이 떠오른다.

생각을 끊어본다. 통증에 화들짝 놀랄 때도 가끔 있다. 도리질을 하며 좋은 상상으로 마음 훈련을 시킨다. 반복적으로 하다 보니 예전처럼 자주는 아니다.

이 세상의 수많은 엄마들은 연습 없이 엄마가 된다. 시어머니가 손자 얼굴에 부주의로 흉터를 냈는데도 털털하게 별일 아닌 것처럼 문제를 해결한다. 아이의 얼굴에 남은 흉터도 아이가 자라면 성형 수술로 해결 가능하다며 크게 스트레스를 받지도 않는다. 참 강한 멘탈이다. 아이에겐 분명 상처가 잠재되어 있을 것이다. 그 상처를 어루만져 다독여주는 역할이 얼마나 소중한가를 말하고 싶다.

부모의 시선이 아닌 아이의 마음도 끌어내어 그 마음의 상처를 걷어내고 마음의 연고를 발라주고 위로해주어야 한다. 얼마나 놀랐는지 알아주고 사과하고 자존감이 다치지 않게 배려해야 한다. 절대로 처음부터 쿨하다고 외면하는 오류를 범하지 않기를 바란다. 아이는 사랑과 배려로 자란다. 사랑의 자양분으로 자존감을 키우고 창의성을 키우고 키가 자라는 나무처럼 말이다.

백 미 | 책은 내 안의 잠드는 의식을 깨워주는 알람처럼 늘 함께였다. 책 냄새, 종이 냄새를 맡는 건 위대한 축복이다.

상위 1%의 삶

이 소 연

상위 1% 리더들의 삶

세계적인 리더들의 위대한 비밀! 세계적으로 유명한 닮고 싶은 리더, 성공자들은 특징적으로 책을 가까이하는 인물들이었다. 스티브 잡스, 빌게이츠, 오프라 윈프리 같은 세계적인 인물들은 책에 관한 많은 어록들을 남겼다. 오프라 윈프리의 일화를 잠깐 소개하고자 한다.

오프라 윈프리는 세계에서 가장 영향력 있는 유명 인사 100인에 선정되었을 정도로 많은 영향력을 주는 방송인이다. 방송을 통해 사회에 도움이 되었으면 좋겠다고 생각한 오프라 윈프리는 독서 모임을 시작했다고 한다. 어릴 때부터 책을 좋아했으며, 책은 가장 훌륭한 선생님이라고 생각했고, 많은 사람들이 책 읽기를 바라는 마음으로 방송을 통해 좋은 책을 많이 알렸다. 결괴는 대성공이였나.
오프라 윈프리가 추천한 책은 수많은 이들에게 사랑받으며 베스트
셀러가 될 정도로 인기가 많았고, 사람들에게 많은 감동을 주었다.

교육은 세상을 변화시킬 수 있는 힘을 가져다주고, 배움을 통해
기쁨을 누리고, 자신의 꿈에도 한 발짝 다가갈 수 있는 길을 열어준
다고 확신한다. 책은 이러한 역할을 충분히 하고 있다.

꿈을 이루기 위해선 평소 습관이 중요하다. 혼자 있을 때도 책을
읽으면 책이 친구가 되어주기도 하고, 인생에서 어려운 순간을 만
났을 때 방향을 잡아주기도 하고 격려도 해준다. 책에서 얻은 다양
한 지식은 꿈을 이루는 데에도 엄청난 도움을 준다. 자존감을 높여
주고, 많은 꿈을 꾸고, 더 영향력을 주는 사람이 될 수 있게 해준다.

'언제나 할 수 있다'고 믿으면, 뭐든지 할 수 있다!

꿈을 꾸고, 꿈을 이루면 된다. 포기하지 않는다면 가능하다. 요
즘 책을 통해 한걸음 더 성장하는 나를 만나고 있다.

최근 컴퓨터를 하다가 우연히 너무나 끌리는 그림책을 발견했
다. 단행본인 줄 알고 책을 사려고 검색을 하다가 100일 독서라는
키워드를 만났다. 아이들에게 책을 읽어주고, 그 책으로 독후 활
동을 하는 걸 습관으로 만드는 프로젝트. '엇, 이건 뭐지?' 궁금증
이 찾아왔다.

아이에게 책을 읽어주는 건 나도 자신 있는데. 그런데 독후 활
동을 매일 지속하는 건 어려울 텐데. 이 많은 엄마들의 정체는 뭐

지? 궁금증이 풀리지 않아 계속 검색했다. 검색해 볼수록 궁금한 것투성이였다.

'응? 책을 무료로 볼 수 있다고? 도서관인가? 수업도 있네. 수업은 어떻게 듣지?'

'음……안 되겠다. 아이랑 직접 가 봐야겠다.'

마음이 조급해져서 가까운 라운지에 전화를 했다. 뚜뚜…… 받지 않았다. 너무 궁금한데. 안 되겠다. 바로 가보자. 8시까지라고 했으니 한 시간은 여유가 있겠네.

아, 가는 날이 장날인가. 깜깜하다. 문이 닫혀 있다.

다음날, 전화 연결이 되었다. 약속시간을 잡고 방문했다. 나의 궁금증 포인트는 100일 독서, 장학금, 수업, 라운지가 정말 무료인지…….

내 아이에게 더 많은 경험을 주고 싶어서 아이랑 아이아빠와 함께 찾은 곳이었다. 북 카페 같은 곳이었는데, 아이가 방방 뛰며 좋아했다. 우리가 이야기를 나누는 동안 선생님과 책을 즐겁게 보고 있었다. 기분이 날아갈 듯 흥분한 아이를 보며 세상에 이런 곳이 다 있다니 싶었다.

집에 왔다. 나도 떨림이 있다. 책을 샀을 뿐인데, 이 느낌은 뭘까? 100일 동안 어떤 재밌는 일들이 일어날까 기대가 되었다. 아이를 위해 책을 선정하고, 독후 활동을 기획하고, 실행으로 옮기는 일은 얼마나 재밌을까?

사실, 걱정도 되었다

'성공하면 장학금을 준다는데, 혹시 도중에 실패하면 어쩌지?'

불안한 마음에 집에 와서 다시 다른 엄마들이 활동한 게 궁금해서 검색을 하는 데 또 새로운 걸 발견했다. 무료로 자격증 발급을 해준다고? 늘 새로운 걸 배우고, 자격증 따는 걸 좋아하는 나였다. 또 물어봐야만 했다.

디자이너들에게 자격증을 딸 수 있는 기회를 준다고 한다. 교육사업을 하고 있는 나에게도 취업의 기회가 있다고 이야기 해주셨다.

'젊은 CEO가 만든 회사라서 그런가? 마인드도 좋고, 콘셉트도 좋고, 마케팅까지, 아 대박이다!'

이 회사 궁금하다. 일하고 싶다는 생각이 들었다. 일단 신입교육만 들어볼까? 책에 대한 교육이라면 내 아이와 우리 아이들을 위한 도움 되는 이야기일 테니 말이다.

요즘 내가 좋아하는 단어들이 있다. 1%, 꿈, 비전, 가치. 요즘 나의 삶은 신기할 정도로 책과 함께다. 나에게 일어난 변화다. 그림책을 매일 보고, 읽고, 느끼고, 대화한다.

어렸을 때 읽었던 위인전은 나에게 숙제 같은 것이었는데. 지금의 위인전은 나에게 재미와 깊은 깨달음을 준다. 내 아이가 책을 의무가 아닌 재미로 접하길 바란다. 세상에 많은 아이들이 책을 읽어서 인성이 바른 아이들로 자랐으면 한다. 인성이 바른 아이들로 자

랐으면 한다. 어른이 된 나는 위인전을 다시 읽으며 평생의 롤 모
델로 생겼다. 신사임당처럼 살고 싶다. 좋은 아내, 엄마, 화가로서
의 삶 모두, 내게 주는 의미가 특별하다.

　이른 아침, 특별한 곳으로의 발걸음이 가볍다. 상위 1%의 삶을
99%에게 전하는 새로운 사람들을 만났다. 어떤 이는 터닝 포인트
라고 표현하겠지만, 나에게는 육아와 교육의 연장선이다. 지치지
않는 나의 열정의 온도, 나를 뜨겁게 만드는 새로운 도전이 시작되
었다. 나의 오늘을 뜨겁게 응원한다.

상위 1% 리더 만들기

　누구에게나 자신만의 색깔이 있다. 나는 아이들이 스스로 주도하
여 수업할 수 있는 미술교육과 독서교육을 실천하고 있는 교사이다.
　나만의 교육관과 육아관이 확고하기 때문에, 나 스스로 아이들
에게 주는 영향력을 믿는다. 하지만, 그와 동시에 늘 부족하고 배
워야 한다는 마음도 들어서, 배움을 소홀히 하지 않고 있다. 책을
읽고, 함께 읽고, 이야기 나누며 읽는 것이 좋아서 많은 독서 모임
에 참여 중이다.
　그림책 모임도 하고 있는데, 의외로 어른이 된 우리가 그림책에
서 느끼는 것이 더 크다고 생각하는 순간이 많다. 그림책에 대한 가

치를 많은 이들이 읽면 좋겠다.

책을 읽어주는 엄마, 책을 읽어주는 선생님은 혼자 꾸는 꿈이 아니라 함께 꾸는 꿈이었으면 좋겠다.

책은 아이의 두뇌를 자극하고 긍정적 상호작용을 일으켜 바른 인성, 올바른 가치관, 따뜻한 감성, 풍부한 지식, 사고력, 창의력 등 성장에 필요한 모든 것을 쉽게 키워주는 훌륭한 도구라 믿는다.

매일 새벽부터 눈이 떠진다. 신기한 일상이다. 내 삶에 작은 변화가 일어났다. 책을 통해 내 삶에 확신이 더해지니 하루가 길어졌다.

일찍 지고, 일찍 일어나는 이상적인 아침형 인간을 꿈꿨었지만 생활할 때는 사실 저녁이 더 편했다. 그런 내게 부지런한 삶을 살게 하는 아침 시간이 찾아왔다. 늦게 자도 일찍 눈이 떠진다. 알람 없이도 일어나고, 감사함으로 하루를 시작해 긍정으로 가득 찬 하루를 보낸 후, 일찍 일어나는 착한 어른이 된 것이다.

맑은 정신으로 깨어 있는 힘은 책이 주는 것이 아닐까. 아침은 독서나 글쓰기로 시간을 보낸다. 누구에게나 주어지는 24시간, 똑같은 시간을 쓰지만 저마다 다른 색깔의 삶이다. 중요한 것은 얼마나 내 삶을 즐길 수 있느냐 하는 것이다. 요즘 나는 1%의 삶을 만나서 행복한 출근을 하고, 행복한 리더로서 성장하고 있다. 많은 사람들과 소통하고, 우리 선생님들과 아이들에게 꿈을 심어주는 리더이고 싶다.

4차 산업혁명 시대가 도래했다. 준비된 사람에게는 이런 변화가 두렵지만은 않을 것이다. 오히려 설렌다. 나에겐 반갑다. 완벽한 준비가 되었다기보다는 세상이 나에게 원하는 것들을 받아들일 준비가 되었다.

책을 가까이하고 좋아하는 습관은, 따뜻하게 품에 안고 책을 읽어주는 이 순간이 내 아이에게 주는 가장 따뜻한 순간이 아닐까? 나는 이런 엄마이고, 많은 부모님들께 똑똑한 육아를 하는 법을 알려주고 싶다. 아이가 글자를 뗀 순간. "너 혼자 읽어"라 말하는 엄마가 아니라, 초등학교 저학년 때까지 다정하게 함께 시간을 보내는 법을 알려주고 싶다.

초등학교에 들어가 본격적인 공부를 하게 될 때, 책 읽으라는 부모와 책 읽을 시간 없는 아이는 전쟁을 하게 된다. 책을 읽어야 한다는 건 아이도 알지만, 학교 공부하랴 학원 다니랴 어느새 책을 많이 읽기엔 늦어버리는 시기가 온다. 책을 통해 이해도도 높이고 학습도 잘 하는 아이가 되도록 10세 이전에 교육을 시켜야 하는데, 이미 늦어버린 시기 때문에 갑자기 조급해지는 부모가 많다.

아이를 품에 안고, 영·유아기·초등 저학년까지 책을 읽어줬던 아이는 좋아하는 사람의 말을 경청한다. 엄마의 무릎에서 책을 읽음으로써 엄마와의 애착형성, 공감, 경청, 듣기, 이해력 등 모든 필요한 정서가 향상된다. 책 읽어주는 엄마, 아빠 덕분에 독서 환경이 좋은 가정은 자연스레 육아 고민도 해결되고 문장 이해력도 높아져서 아이들 스스로 책을 좋아하고, 초등 고학년 청소년 학습 시기에도 책 읽으라는 잔소리를 할 필요가 없다.

독서는 학습에도 많은 영향을 끼치게 되어 문학·비문학·수학조차도 읽기가 전제되어야 하는 데, 영·유아기에 경험한 책이 답이 될 수 있다. 아이는 책을 통해 풍부한 상식을 갖게 되고, 학습 능력이 높아진다.

엄마, 아빠가 많이 안아주고 책을 읽어주면서 사랑을 전하고, 독서의 기적을 맛보게 되길 진심으로 바란다.

영혼 없는 말, 그냥 하는 말이 아닌, 깊이 있는 떨림을 주는 사람을 만드는 독서의 힘을 믿는다. 요즘 NQ지수가 이슈되고 있는데 즐겁고, 풍요로운 삶, 행복, 꿈 찾기, 진로 찾기 등 책의 단 한 문장에서라도 진짜를 발견하는 어린이와 아이들이 많아지는 대한민국이 된다면 얼마나 멋질까.

함께하는 독서를 통한 1% 독서 리더들을 만들겠다는 꿈을 꾸기 시작했다. 나의 꿈은 현재진행형이다.

이소연 | 책은 변화의 씨앗이다. 지금도 많은 사람들이 변화를 위한 씨앗을 뿌리고 있다. 지금 잡은 이 한 권의 책이 당신의 삶을 바꿀 수도 있다. 이 세상의 모든 부모들은 내 아이의 무한한 성장을 꿈꾼다. 오늘도 책을 먼저 읽으며 모범이 되는 부모, 내 아이에게 꿈을 심어주는 모든 부모를 뜨겁게 응원한다. 오늘도 책을 읽는 당신은, 이미 상위1% 부모이다.

견디는 힘

이 은 희

위기를 기회로 바꾸는 힘

"대리님 생각은 어때요?"

"네?"

"대리님 생각이 어떤지 말해주세요."

"제 생각이요? 음, 사실 잘 모르겠어요."

17년 동안 다니고 있는 회사를 옮겨야 할 상황이다. 스물한 살, 처음으로 면접을 보고 합격해서 지금까지 다니는 회사다. 첫 시작은 2년 단기 파견직이었다. 정말 열심히 노력해서 계약직으로 전환되고 피나는 노력 끝에 꿈에 그리던 정규직이 되었다. 입사 13년 만에 '대리'라는 직급을 얻었을 때 세상을 다 가진 듯 기뻤다.

결혼을 하고 아이 둘을 낳고 키우면서 첫 아이가 벌써 초등학교

에 입학했다. 시간은 초고속으로 내달리며 이~덧 시른네딣 워킹
맘이다. 아이들에게는 주도적인 학습을 강조하고 자기 의사표현
을 해야 한다고 교육하면서 정작 나는 생각 없이 살아가고 있었다.

사실은 겁이 났다. 생각이 없는 것이 아니라 생각이 너무 많았
다. 결론을 내리지 못한 상황에서 받은 질문에 대답을 할 수가 없었
다. 한 번 대답을 해버리면 다시 되돌릴 수 없을 것 같아 두려웠다.

"여기에 남겠어요."

이렇게 말해 버리면 기회를 놓칠 것 같았다. 두 번 다시 기회가
찾아올 것 같지 않았다.

"회사를 옮기고 싶어요."

당당하게 말하고 싶었지만 홀로서기를 할 자신이 없었다. 함께
하던 동료들과 헤어져서 혼자서 업무를 감당할 수 없을 것 같았다.

이러지도 저러지도 못하는 상황이 며칠 동안 이어졌다. 처음엔
'왜 이런 일이 나에게 생긴 것일까?' 현실을 부정하려 했다. 시간
이 지날수록 위기가 아니라 특별한 기회라는 생각이 들기 시작했
다. 놓치고 싶지 않았다.

하루에도 수십 번 마음이 왔다갔다 중심을 잡을 수가 없었다. 지
인에게 고민을 얘기해보지만 그럴수록 혼란은 가중됐다. 아무리 가
까운 사람이라도 내 마음을 다 알 수는 없다. 선택은 나의 몫이고
책임도 당연히 내가 져야 하는 것이다. 내 인생이고 나의 무대인데
그 무대에 설까 말까 망설이고 있는 자신이 보였다.

그때부터였다. 가장 중요한 나의 목소리를 들어야 했다. 내면 깊은 곳에서 외치는 소리, 그 소리가 듣고 싶었다. 이 목소리는 오롯이 혼자만의 시간에 들려온다는 것을 잊고 있었다.

매일 아침 5시, 미라클 모닝으로 하루를 시작한다. 어느덧 100일째 되는 날이다. 처음 시작은 2017년 12월 22일이었다. 한해를 마무리하면서 2018년 새해를 맞아 뭔가 새로운 것을 시작하고픈 마음으로 시작했다.

〈하루 10분의 필사, 100일 후의 기적〉 새로운 도전을 시작했다. 한 권의 책은 집중하면 한두 시간 만에 다 읽어낼 수 있다. 하지만 이번 독서의 목적은 읽는 것이 아니라 매일 필사하고 실천하면서 기적을 이루어내는 것이다. 어떤 기적이 일어나게 될지 설레는 마음으로 미라클 모닝을 맞이했다.

하루도 빠짐없이 100일 동안 뜨겁게 나를 응원했다. 처음엔 스스로를 응원하는 것이 어색하기만 했다. 누군가에게 응원을 해주기만 했지 셀프로 응원을 시작하긴 처음이었다. 그것도 매일, 나 스스로를 뜨겁게 응원하다 보니 그 어떤 시간보다 위대하게 느껴졌다.

알람소리가 울리기 전, 의식이 깨는 날은 세상을 다 얻은 듯 기쁜 날이다. 하루를 시작하는 마음이 기쁨이라면 하루 종일, 잠들기 직전까지 그 에너지가 이어진다. 반대로 마음이 혼란스러운 날은 미라클 모닝 필사 시간 동안이 생각 정리하기엔 가장 좋은 시간이었다.

"나는 어떤 선택을 해야 하는가?"

깊은 고민에 빠졌다. 17년 동안 다니던 회사를 그만두는 것은 아니지만 새로운 곳으로의 이동은 나에게는 엄청난 용기가 필요한 일이다. 어떤 선택을 하든지 내가 기준이 되어야만 했다. 다른 사람의 조언이나 시선에 의한 선택이 되어서는 안 된다. 오롯이 나에게 집중하며 운명의 갈림길 위에서 최대한 집중을 해야만 했다. 이럴 때는 삶의 철학이 중요한 것 같다.

미라클 모닝 필사를 하는 동안 나도 모르게 내면에서 변화가 일어나고 있었다. 부정적인 생각들을 긍정으로 바꿔나가고 있었다. 타인이 아닌 내면의 나를 깊이 들여다보고 있었다. 하루 10분의 필사였지만 100일 동안 쌓이면서 잠재의식 속에서 변해가고 있었다. 가랑비에 옷이 젖듯이 서서히 변화한 나는 갑자기 내린 소나기에 대처할 수 있는 내면의 힘이 생겨났다.

직장을 옮길 수 있는 용기가 생겼다. 새로운 곳, 새로운 사람들을 만나 새로운 인생을 경험하게 될 것을 상상하니 설렘과 기대감으로 충만해졌다. 새로운 인생이라고 표현했지만 인생의 가치관과 방향은 흔들리지 않고 있음을 발견했다.

어쩌면 이 위기의 순간을 극복하기 위해 미라클 모닝 필사를 하게 된 것은 아닐까? 매일 아침 5시, 하루 10분의 시간을 매일 집중했다. 필사는 10분도 안 걸렸지만 필사를 통해 내면을 들여다보고 정리하는 시간은 하루 중 가장 의미있는 시간이었다. 그 시간들이 모여 인생에서의 가장 중요한 순간, 중요한 결정을 할 수 있는 힘이 생겼다.

눈으로 보고 손으로 쓰고 생각을 정리하는 필사의 시간들. 한 권의 책을 100일 동안 함께한 것은 처음이다. 나를 이해하고 꿈을 꾸고 응원하고 확신하는 시간, 결국 그 시간을 통해 자신을 깊이 들여다보고 진정 사랑하게 되어 내 안의 답을 찾게 되었다.

사소하지만 소중한 일상을 즐기는 힘

집안 여기저기 포스트잇이 붙여져 있다. 어떤 책을 읽어도 마음에 드는 문장이 너무 많다. 그 중에도 가장 오래 기억하고 싶은 문장은 바로 메모를 한다. 그때 바로 남겨두지 않으면 봄바람에 흩날리는 벚꽃처럼 금방 날아가 버리기 때문이다. 연노란 정사각형 포스트잇에 검정색 굵은 네임펜으로 또박또박 정성을 담아 적는다. 한글쓰기를 배우는 아이처럼 한 글자씩 온 마음으로 필사를 한다. 짧은 문장이지만 문득 평범한 일상 속에 깊은 깨달음으로 특별한 의미를 부여해준다.

사람은 생각대로 된다.

"엄마는 무슨 생가 하고 있어요? 이떻게 되고 싶어요?"

척척박사 아들이 저녁밥을 먹다가 갑자기 질문을 던졌다. 갑작스런 질문에 당황했지만 식탁 위 달력에 붙여진 포스트잇이 눈에 띄었다.

"사람은 생각대로 된다."

며칠 전, 책을 읽다가 와 닿은 문장이었다. 바쁘게 지나가는 일상 속에서 '되는 대로 살지 말아야겠다.' 싶어 붙여 두었다. 적어 놓은 것도 잊고 있었는데 아들의 눈에 보인 문구가 호기심을 불러 일으켰나 보다.

"엄마는 글을 써서 책을 내고 싶어."

"아하, 그렇구나. 그런데 엄마, 제가 책에서 봤는데요. 무엇을 이루려면 열심히 노력을 해야 한대요."

"으음, 그렇지……."

초등학교에 입학한 아들의 정곡을 찌르는 한마디에 얼음이 되었다. 원하는 것이 있으면 이루기 위해 노력을 해야 한다. 초등학생도 아는 단순한 진리다. '되고 싶다, 하고 싶다' 생각만 하고 아무런 노력을 하지 않는 엄마는 반성문이라도 써야 할 것 같았다. 생각하는 대로 살기 위해 메모는 했지만 정작 원하는 것을 위해 실천한 것이 아무것도 없었다. 집에 오면 피곤하다는 핑계로 빨리 씻고, 밥 먹고, 잠자기에 바빴다. 밥을 먹다가 아들 덕분에 깊은 반성의 시간을 가졌다.

그날 저녁 아이들을 재우고 계획표를 세웠다. 앞으로 어떻게 실천할 것인지 언제까지 마감을 할 것인지 달력에 표시를 해두었다. 오랜만에 정신이 번쩍 드는 저녁시간이었다. 다음날 아침은 새벽 3시 알람을 맞추고 오랜만에 글쓰기에 돌입했다. 첫 문장을 어떻게 시작해야 할지 30분 동안 썼다 지웠다를 반복했다.

노력하지 않고 이루려는 욕심으로 글쓰기는 쉽게 되지 않았다. 막막한 기분이 들어 책꽂이에 있는 글쓰기에 관한 책을 한 권 집어 들었다. 처음 글쓰기에 관심을 가졌던 그때, 그 마음으로 돌아가고 싶었다. 왜 쓰고 싶은지, 무엇을 쓰고 싶은지, 어떻게 써야 하는지에 대한 본질적인 질문을 스스로에게 던져보았다.

한 번 읽은 책이라 내용이 기억이 날 줄 알았는데 아니었다. 밑줄과 메모, 인덱스가 붙여져 있었지만 새롭게 다가왔다. 똑같은 책이지만 읽을 때의 상황과 기분에 따라 받아들이는 정도가 달라짐을 새삼 느꼈다. 처음 접했을 땐 새로운 관심분야였고 흥미를 끌기 위한 맛보기 단계였다. 다시 읽어 내려가니 밑줄을 더 많이 긋게 된다. 한 문장, 한 문장이 더 깊이 있게 들어온다.

아들 덕분에 포스트잇에 적어둔 문장이 강력한 실천을 위한 작은 불씨가 붙었다. 이 불씨가 꺼지지 않고 활활 타오를 수 있도록 매일 실천하는 모습을 보여줘야겠다. 아들을 위한 것은 아니지만 아들이 지켜보고 있음을 잊지 않기로 했다. 부끄러운 엄마가 아닌, 스스로 본보기가 되도록 노력해야겠다.

세상에 쉬운 일은 하나도 없다

"엄마, 오늘은 책 읽어주기 미션 클리어 안 할 거예요?"

"너무 피곤한데 오늘만 딱 패스하면 안 될까?"

"엄마, 저기를 좀 보세요!"

꼬마요정 딸이 안방 문 앞에 써진 문장을 가리키며 말했다. 아들과 딸이 신나하며 큰 소리도 외쳐준다.

"세상에 쉬운 일은 하나도 없다. 하지만 안 되는 일도 없다. 따라서 하면 된다."

이 문장을 책 속에서 발견하고는 특별히 A4 용지에 필사를 했다. 살아가면서 힘든 일이 있어도 포기하지 않고 도전하자는 의미로 남겨둔 문장이다. 아이들에게도 도움이 될 것 같아 함께 베껴 쓰기를 한 문장이다. 특별해서 그런지 어느새 우리 집 가훈이 되어 버렸다.

말과 행동이 다른 엄마의 모습, 피곤하다는 것은 하지 않을 이유가 되지 못한다. 사실 힘든 일도 아닌데 단지 귀찮다는 이유로 핑계를 댔을 뿐이다. 아이들 덕분에 집안에서도 긴장의 끈을 놓을 수가 없다. 매일 잠들기 전에 아이들에게 책을 읽어주는 시간, 그 시간은 아이들이 기다리고 행복해 한다. 아이들에게는 엄마와 소통하고 공감하는 시간인데 이 소중한 시간을 넘겨 버리려고 할 때, 반드시 지킬 수 있도록 도와주는 포스트잇에 문구가 삶의 에너지를 가져다주는 것 같다.

살아가면서 엄청나게 힘든 일은 아니지만 소중한 일상들이 존재한다. 자신과의 약속도 있고 누군가와 함께 지켜야 할 일들도 많다. 아무 생각 없이 지나쳐 버리는 일상들 속에 책을 통해 깨달은 바가 있고 적용할 것이 있다면 바로 메모를 해두자. 휘발성이 강력해서 금방 날아가 버리기 전에 눈으로 본 것을 남겨놓자. 눈으로만 아닌 손으로 적고 마음에 담아 일상을 더욱 의미 있게 살아가자.

이렇게 기록해둔 문장이 힘들 땐 포기하지 않는 힘을 준다. 귀찮을 땐 실행할 수 있도록 동기를 부여해준다. 해냈다는 성취감도 안겨준다. 무엇보다도 평범한 일상을 특별하게 만들어 주는 씨앗이 된다. 책을 읽다가 마음에 들어오는 문장, 그 문장들을 기록해 보자. 신기하게도 그 문장대로 살아가는 자신을 발견하게 될 것이다. 책을 읽다가 단 한 문장이라도 남겨두자. 기억보다는 기록의 힘이 강력하다는 것을 느끼게 될 것이다.

이은희 | 책은 내면의 나를 비춰주는 거울이다. 처음에 마주하면 어색하고 낯설지만 보면 볼수록 내면 깊숙한 곳에 숨어있는 진짜 나를 발견하게 된다. 결국 책은 나다운 삶을 살기 위해 매일 들여다봐야 하는 나 자신인 것이다.

내 삶을
돌아보는 시간

이 정 선

우연인 듯 필연인 듯

1999년 3월은 나만 빼고 모두가 신나고, 설렘 가득한 봄이었다. 아무 계획도 목표도 없이 성적에 맞춰 입학했던 나는, 알 수 없는 이유로 방황이 시작됐고 그렇게 뒤늦은 사춘기 같은 대학 생활을 시작하게 되었다. 얼마 후, 도저히 그대로 학교를 다닐 수가 없어 고민 끝에 다시 시작해야겠다는 결심을 하게 되었다. 우선 돈이 필요했고, 무작정 학교 근처를 돌아다니며 아르바이트를 찾았다.

근처 카페, 술집, 식당 구석구석 안 다녀 본 곳 없을 정도로 발품을 팔았다. 며칠 후 학교 근처 식당에서 아르바이트를 하게 되었다. 난생 처음 내 손으로 돈을 벌게 된 두려움과 설렘을 느껴보는 것도 잠시, 빨리 돈을 모아야겠다는 생각에 궂은일을 잘도 버티며 했다. 여섯 시간 넘게 쭈그려 앉아서조차 쉴 틈 없이 가게 문을 닫는 순간까지 일을 했다. 평소 집에서는 내가 먹던 컵 하나 싱크대 통에 담아 본 적이 없던 내가 시작한 아르바이트는 바로 설거지였다.

고민 끝에 생각한 새로운 시작은 재수를 해서 다른 학교로 가는 것이었고, 과외를 받을 만큼의 돈을 먼저 벌어야 했던 것이다. 과외비가 어느 정도 모였을 때 곧바로 선생님을 찾아 과외를 받기 시작했고 어느 정도 시간이 흘러 학기가 시작되기 전에 자퇴를 해야 했기에 그제야 부모님께 알렸다. 다른 학교를 가고 싶고 전공도 바꾸어야겠다고.

부모님은 단 한 번도 딸을 못 미더워하거나 딸이 하고자 하는 일에 입을 대신 적이 없었다. 흔쾌히 허락해주실 거라 혼자 김칫국을 얼마나 마셨는지 모르겠다. 97년 금융 위기가 할퀴고 난 이후부터 서서히 우리 집에 타격이 오기 시작했다. 아빠를 만나기가 힘들었고, 집에 계시는 날도 부쩍 적었다. 겨우 아빠를 마주하고 새로운 시작에 대한 말을 꺼냈다.

"왜 쓸데없는 짓을 하고 있는 거야! 넌 공부가 안 되는 녀석이란 걸 아직도 모른단 말이야? 그만한 학교에 들어간 것도 다행이다 생각하고 다녀!"

호통을 치시던 아버지의 무서운 눈과 입이 괜한 엄마에게 돌아갔다.

"집구석에서 뭘 하길래 애가 제멋대로 저런 짓을 할 때까지 알지도 못했나!"

그리고는 나를 향해 마지막 말씀을 던지셨다.

"절대 안 된다! 얌전히 4년 잘 다니다 시집을 가든 취직을 하든 그때는 니 마음대로 해라!"

뒤도 돌아보지 않고 방으로 들어가셨다. 어안이 벙벙했고, 평소 아버지의 모습과 너무나 달랐기에 좀 전의 저 분은 누군가라는 생각까지 들 정도였다. 엄마랑 둘이서 정신을 차리는 데까지 한참이 걸렸다.

그때 내가 느낀 실망감과 절망감이란 원하지 않던 대학에 들어간 것과는 비교도 할 수 없을 만큼 컸다. 내 편은 아무도 없었고, 아무것도 할 수 없는 현실이 원망스럽기만 했다. 드라마 보면 짐 싸서 어디론가 멀리 잘도 가던데 그럴 용기는 더더욱 없는 자신이 싫었고 나를 믿어주지 않는 부모님도 너무나 미웠다. 사춘기 때도 느껴보지 못했던 '나는 누구인가' '이제 나는 어디로 가야 하는가'를 그때 비로소 심각하게 고민하게 되었다.

어릴 때부터 친구와 자잘한 수다를 잘 떨기는 했지만 중요한 고민이나 걱정은 누구에게도 털어놓은 적이 없었기에 마음 편히 터놓고 같이 고민해줄 친구조차 없었다. 아빠의 말 한마디로 모든 계획은 끝이 났다. 받던 과외도 힘들던 아르바이트도 그만두었다.

누구를 만나고 싶지도 다른 무언가를 하고 싶지도 않은 무력한 일상을 하염없이 보내던 중 우연히 집 근처 책 대여점을 보게 되었다. 그제야 문득 학기 초에 들었던 교양 수업 교수님의 말씀이 생각이 났다.

"대학생이 된 너희들을 주위에서 다 성인이라고 여기고 대할 테다. 그렇지만 아직 너희는 아무런 힘이 없고, 문제를 해결할 능력도, 경제적 능력도, 배움도 모든 것이 한참이나 모자란 나이만 찬 성인일 뿐이다. 지금부터 어려운 일도 닥칠 테고, 경제적 한계를 느낄 테고, 배움의 모자람도 느낄 텐데, 그 모든 것을 극복해줄 기가 막힌 방법이 있으니 알려 주겠다."

거창한 대답을 기대하던 우리에게 무심한 듯 툭 던진 그 기가 막힌 방법은 바로 독서였다. 얘기를 들은 그날 수업이 끝나는 대로 어떤 장르든 무슨 내용이든 닥치는 대로 책 읽기를 시작하라고 하셨다. 전공 교수님보다도 더 또렷하게 기억나는 교수님의 얼굴, 책 얘기를 할 때의 교수님의 모습, 강의실 바깥 풍경 등 그 순간들이 모두 아직도 생생히 기억난다. 교수님은 독서가 인생의 답을 찾는 최고의 방법이라고 하셨다. 왜냐하면 모든 답은 책에 있기 때문에. 그때 아마도 대부분의 학생들이 나처럼 생각했을 거라 짐작한다.

'아 그냥 책을 많이 읽으란 말씀이구나.'

'독서가 중요한 걸 모르는 사람이 어디 있어.'

길을 잃고 방황할 때, 동네 산책길에서 책 대여점을 보게 되면서 잊고 있던 교수님의 말씀이 그렇게 운명처럼 생각난 것이었다. 물론 그땐 기가 막힌 정답이나 인생의 해답을 위해서 헤매던 생각 있던 청춘은 아니었다. 그냥 만사가 다 짜증나고 힘들어서 그저 기댈 곳이 필요했다. 내 편이 되어주지 않던 부모님, 나의 부능력함, 끝까지 밀고 나가지도 못 했던 이도 저도 아닌 내 모습, 그 모든 상황을 잊고 그냥 어딘가에 몰두할 일이 필요했다.

기대도 생각도 없이 무작정 책 한 권 읽기 위해 들어간 대여점이었지만 긴 시간이 지난 지금 돌아보면 그때 그 우연한 독서가 내 삶의 길잡이가 됐던 것이다. 그래, 한번 읽어보자. 어차피 하고 싶은 일도, 해야 할 일도 없고, 시간 때우고 잡생각이나 떨치면 되니 아무 책이나 한번 읽어나 보자는 마음으로 책을 읽기 시작했다. 남는 게 시간이었기에 여러 날을 틀어박혀 책만 읽었다. 장르는 가리지 않고 닥치는 대로 읽었다. 가끔 학창 시절에 즐겨보던 만화책도 머리 식힐 겸 한 번씩 봤다.

그렇게 내내 책만 읽으면서 그것이 주는 소소한 즐거움에 빠지면서 조금씩 예전 모습으로 돌아오게 되었다. 더 이상 기댈 곳이 절실하게 필요하지도 않았고, 내 편이 돼 주지 않던 부모님도 원망스럽지 않았다. 그리고 길을 잃고 방황할 때 위안삼아 했던 우연한 독서는 생각보다 많은 것을 찾게 해주었다.

앞으로 나아가야 할 방향을 제시해 주었고, 진로를 결정하게 해 주었고, 좀 오랜 시간이 걸렸지만 목표와 소신을 가지고 원하는 공부를 마칠 수 있었다. 쉽지 않은 길이었지만 내가 원하고 즐길 수 있는 것을 찾게 해주었다. 더 깊은 이해와 판단을 못했던 자신과 부모님을 조금 더 어루만져 보는 계기가 되었다.

하루 종일 책이며 신문이며 뉴스며 다양하게 보게 되었다. 그 당시 아빠가 왜 늘 퇴근이 늦었는지, 사업을 하셨던 아빠는 왜 힘이 들었는지 이해하게 되었다. 지금도 그때 신문 1면에 났던 기사와, 매 시간 뉴스가 시작되자마자 나왔던 큰 사건들을 기억한다. 비록 그때의 독서는 깊지 못했고 장르도 다양하지 않았지만 그건 분명 짧지만 강력했던 독서의 힘이라고 나는 확신한다. 덕분에 스스로를 제대로 돌아보고 찾을 수 있게 된 것이었다.

하고자 하는 일, 원하는 일을 해야 할 필요성과 절실함을 깨달았고, 그러기 위해서 현재를 누구보다 열심히 살아야 했다. 학점 관리를 위해서 공부를 소홀히 하면 안 됐고, 원하는 공부를 위해 시간을 허투루 쓸 수가 없었다. 고3만 지나면, 대학만 가면 코가 비뚤어지게 잠을 잘 거라 철없는 다짐을 했던 나는 필요한 공부를 위해 새벽 5시에 일어났고, 그 덕분에 아침형 인간이 되기까지 했다. 자연스레 건강도 좋아졌고 덕분에 체중 감량도 상당히 했다.

작은 시작이 가져온 큰 변화였다. 적응 못하고 방황했던 그 해 봄에 나는 천군만마를 얻은 것이다. 책은 내게 모범해답 같은 건 가르쳐 주지 않았지만 정답보다 더 가치 있는 것을 주었다.

그렇게 책과 늘 함께인 삶을 살았으면 좋았을 것 같았던 일상의 독서는 참 창피하지만 말도 안 되는 이유로 서서히 제동이 걸리기 시작했다. 항상 책만 읽을 줄 알았던, 영원히 재미가 없을 것 같던 나의 학교생활이 점점 흥미로워지기 시작했던 것이다. 그 후로도 대 히트를 친 베스트셀러 몇 권쯤은 의무로 읽었지만 더 이상 나만의 답을 찾아 독서에 몰두하지 않았다. 만약 그때 그 상태로 쭉 학교생활이 재미가 없고 끝끝내 적응하지 못했다면 그래서 짧고 굵게 만났던 나의 가장 친한 친구이자 선생님이자 든든한 나무가 오래도록 책이었다면 지금쯤 어떤 모습으로 어떤 삶을 살고 있을까 한 번씩 생각해본다.

또 다시 내가 책을 찾게 된 건 우연한 계기였다. 내 능력으로 안되는 힘든 일들을 겪으면서 다시 기가 찬 답이 필요해졌을 즈음 책은 그렇게 내게 왔다. 그리고 분명 답이 있을 거라고 믿는다. 아직까지 기가 찬 답을 찾지는 못했지만 지금은 답에 어느 정도 가까이 와 있지 않나 믿으며 힘차게 독서한다. 그때 그 봄처럼 여전히 답 찾기를 하고 있는 지금 내게 또 다른 작은 변화가 생기고 있다.

당신의 배려를 닮아보다

"내가 산 거니까 내 거지!"
"우리 엄마가 사준 거니까 내 거야!"
"내가 안 그랬어."
"당신이 했으니까 당신이 치워."
나의 평소 행동과 말 습관이다. 모든 것을 네 것과 내 것, 모든 일을 네 일과 내 일을 구분지어 놓고 사는 사람이었다. 남에게 이해를 구할 일도 없고, 일차적으로 그런 일을 만들지 않으면 됐고, 내가 하지 않은 말이나 나와 상관없는 일에 대해선 어떤 일을 막론하고 관심도 없었다. 설령 그것이 가족이라 해도.

남에게 피해를 주지 않는 철저히 개인주의적인 사람이라고 입버릇처럼 얘기했다. 배려나 이해는 부족했고 마음은 여유롭지 못한 참 부족한 사람이었다. 어느 날 너무 유치하고 어이없는 말을 했던 기억이 난다.

결혼한 지 얼마 되지 않았을 때, 부부싸움을 격렬하게 하고 있었다. 그러던 중, 내가 사온 침대라고 남편에게 당신은 쓰지 말라고 했다. 순간 남편은 벌레를 씹은 얼굴을 하고 나를 노려봤다. 왜 그런 얼굴을 하고 나를 노려보는지 관심도 없었고, 알고 싶지도 않았다. 그냥 내 말이 맞는 거라고 생각했다. 남편은 내가 사온 침대를 쓰지 않아야 된다고 생각했다. 내 거니까.

모든 일생과 사람들과의 관계를 그렇게 구분지어 생각하고 살았다. 나에게 누구든 용건 없는 전화도 하면 안 됐다. 내 소중한 시간을 의미 없는 너의 수다로 보낼 수 없었다. 지금 생각해보니 그렇게 살아와서인지 나에게 용건 없는 전화나 만남은 없는 듯하다. 그냥 밥 한 끼, 차 한 잔 마실 여유나 배려도 없이 그렇게 산 내게 작은 변화들이 서서히 우연히 다시 시작된 독서로 생기고 있었다.

내가 하는 말과 행동들이 상대로 히여금 어떤 기분과 느낌을 주는지 조금씩 살펴보게 됐던 것이다. 하지만 완전히 변하기엔 나의 배움은 아주 짧았고 하루아침에 내가 생각했던 이상한(?) 오지랖이 넓은(?) 사람이 되기엔 역시 상당한 무리긴 하다.

하지만 그 오래전부터 독서의 힘은 어떤 식으로든 반드시 무언가를 남기고 가르쳐준다는 걸 믿고 있다. 여태껏 했던 그런 생각들을 독서로 인해 뿌리에서부터 서서히 흔들리는 느낌을 받게 되었다. 말 속에는 늘 가시가, 행동에는 상대를 배려하는 모습은 찾기 힘들었던 내가 어느 순간 내 얘기보다는 상대의 얘기에 귀를 조금씩 열게 되었고, 공감해 주기도 하고, 좀처럼 하지 못했던 괜찮아, 힘내라는 말을 하게 되었다. 나와 다른 생각과 행동을 하는 사람이나 상대에 대해 관심을 가지게 된 것이다.

물론 아직까지 배려와 이해는 아주 어려운 수학 문제 같은 것이지만 해보겠다는 의지와 마음에 그런 여유가 생긴 것은 틀림없는 큰 변화이다. 평소 운전대만 잡으면 일단 밟고 보는 나쁜 습관은 앞차가 더디가거나 무리한 끼어들기를 하는 모습을 절대 두고 보지 않았고, 물론 끼워주지도 않았다. 면허는 뭘로 땄느냐부터, 기본은 배우고 운전을 하는 게 어떻겠냐는 들리지도 않을 앞차에 대고 얼마나 쉬지 않고 독설을 날렸는지 모르겠다.

그런 내가 책을 읽고 많은 사람들과 생각을 공유하고 그 속에서 무언가를 얻고 배우면서 모든 사람들에게는 다 그럴 만한 사정이 있음을 그럴 수밖에 없음을 한번쯤은 생각하게 되었다. 나의 이런 생각과 행동들을 나만의 개성으로 생각하고 받아들여주고 이해해 주는 많은 사람들을 책에서 만났고 반면에 나의 생각 없던 행동이 왜 아름답지 못한 행동인지 알려주고 어떻게 바꾸고 고쳐가야 하는지를 책이 가르쳐주었다.

가장 가까이에 있는 가족과 남편에 대한 나의 태도도 문제였다. 다른 사람들 얘기는 귀담아 들으려 노력하고 이해하려고 노력하면서 정작 내 가족과 남편에게 나는 어떤 깨달음으로 다가서 있는지 미처 보지 못했던 것이다. 내가 사온 침대라며, 우리 엄마가 해준 반찬이라며, 어이가 없던 말을 내뱉었던 그런 내게 남편은 자기가 할 수 있는 최선의 배려와 이해를 해주고 있음을 뒤늦게 깨달은 것이다.

얼마 전까지 우리 집에는 반려견이 다섯 마리 있었다. 집이 대궐같이 크지도 않고, 펫시터까지 쓰면서 집안을 청결히 깔끔히 할 경제적 여력도 없는 집에 개가 다섯 마리씩이나 있었다. 그렇게 식구가 느는 와중에 남편의 의견과 생각은 중요치 않았다. 그런 남편은 내가 좋아서 나만 좋자고 많은 개들을 집으로 데려오는 모습을 바라만 본 것이었다.

누군가가 얘기했다. 니 식대로 얘기하면 너만의 집은 아니지 않느냐, 그런데 왜 네 마음대로 하느냐고. 나는 말도 안 되는 말로 일축해버렸다. 반은 내 집이니, 나만의 공간에서 키우는 거라며. 가끔 늘어나는 개들을 보면서 이제 그만하라는 충고 정도 했을 뿐 남편은 나를 본인의 가족과 아내로 있는 그대로를 받아들였던 것이었다. 어째서 이렇게나 시간이 흐른 뒤에야 알게 됐을까? 왜 진작 배려를 고마워하지 못했을까? 많은 생각을 했다.

그런 결정을 하고 행동에 옮기기 이전에 소중한 남편의 생각과 의견이 먼저였는데 어째서 그땐 생각지 못했는지 모르겠다. 물론 남편의 성향상 크게 반대했을 것 같진 않지만 분명한 건 그 사람의 이해가 먼저였던 것인데 나는 그 모든 걸 무시했던 것이다. 타인으로 하여금 1의 피해도 성가심도 받지 않으려던 본인은 완전히 모순된 행동으로 살았던 것이다.

그런 내게 지금 작은 변화가 시작되었다. 그런 깨달음과 고마운 마음은 작은 실천으로 보여주고 싶었다. 남편보다는 내가 더 많이 더 먼저 정리를 하기로 했고, 적어도 집안일은 미루지 않기로 했다 (사실 아직 완전히 변화된 건 아닌 것 같다). 나름 잘 실천하고 있는 듯하지만 남편의 생각은 조금 다를지도 모르겠다.

그리고 또 하나 나의 가족, 부모님! 앞서 잠깐 언급했지만 성격상 전화는 용건이 있어야 하는 것이다. 부모님께 뭘 그리 자주 용건이 생길 수 있겠는가. 나의 안부전화는 곧 용건이었다. 늘 무심함과 서운함을 토로하는 부모님께 모르쇠로 일관했고, 바쁘다는 아주 좋은 핑계를 댔었다. 올 초 가까운 공원에 산책을 나갔던 아침 늘 똑같은 호수, 휴일, 풍경, 햇살, 평범한 아침이었는데 정말 불현듯 갑자기 엄마 생각이 나서 전화를 드렸다. 전화를 드리니 평소처럼 엄마는 무슨 일이 있냐 하셨다. 용건을 물으신 거였다.

'그래 나는 늘 일이 있어야 전화를 했지.'

그냥이라는 말이 참 쑥스럽고 죄송했다.

"새해라서 전화했지!"

"별일 없지?! 다 건강하고?"

수화기 저 너머로 배시시 웃는 모습이 보였다.

"아이고 우리 딸도 나이를 먹는구나 새해 안부전화를 다 하고."

이런저런 근황을 말씀하신다, 누구는 어떻고 누구는 어떻고 서울은 어떻고. 아무 일도 별일도 없는 내 가족의 일상이 새삼 고마워졌다. 김치는 있냐, 반찬은 뭘 먹냐, 필요한 건 없냐 등등의 우리 안부와 삼시세끼 끼니 걱정은 늘 하셨던 말씀인데 그날은 이상하게 감사한 마음이 생겼다. 없으면 보낼 테니 뭐가 필요한지 얘기해라던 엄마한테 됐다고 다 있다고 둘이서 얼마나 먹겠냐고 알아서 잘 사먹는다며 답했다.

"고추장 좀 해서 보내줘. 고추장은 엄마 솜씨만한 게 없네."

엄마의 보람과 즐거움 하나 툭 던진다. 여태껏 생각 없이 받아온 것들인데 어찌된 일인지 그날은 엄마가 묻는 안부와 고추장이 참 새삼스럽고 감사했다. 고마움과 미안함 혼자 자화자찬한 뿌듯함 등등이 뒤섞인 복잡 미묘한 생각으로 집으로 돌아왔다.

이렇게 하나둘 내게 독서가 준 늦었지만 감사한 깨달음들이 내 속에 서서히 생겨가고 있다. 빨리 가지 않는 앞 차에 내가 그리도 소중히 여기는 반려동물을 태웠을지 모를 일이고, 정말 이해가지 않은 누군가의 행동으로 짜증 게이지가 치솟을 땐 나도 누군가에게 그런 사람이었던 적은 없었나 돌아보게 되었다.

앞으로 살아가면서 혼자가 아닌 많은 사람들과 만나고 관계를 맺고 살아갈 것이다. 그만큼 다양한 생각과 답이 공존할 것이다. 물론 아직은 한참이나 모자라고 배울 게 많은 사람이라 거창한 듯 뭔가 변화된 듯해도 실은 이 작은 것들도 깜빡깜빡 잊고 실천하기 힘들 때가 많다. 그런 내게 독서는 모든 것을 이해하고 받아들여 보려 노력하는 삶의 연습 과정이다.

내가 겪어본 연습은 시간과 최선에 절대 다른 결과를 가져오지 않는 참 고지식하고 얄짤 없는 녀석이다. 모든 변화는 작은 시작에서부터 오는 것을 알고 있기에 오늘도 작은 시작하나 실천해 보기 위해 연습에 몰두해 본다.

이정선 | 독서는 나눔의 시작이다. 책으로 인해 나를 돌아볼 수 있고 나아가 타인, 혹은 내게 의미 없이 존재하던 무엇에게도 작은 손 내미는 배려를 배우고 실천하게 된다. 이런 가치 있는 나눔을 더 많은 사람들과 함께하길 희망해 본다.

—
사각사각 책장 넘어가는 소리,
사랑하는 엄마의 목소리,
따뜻한 품내

제
3
장

나를 만드는 힘, "습관"

박효경 · 김두정 · 문지영 · 성유진 · 한지선

생각하는 힘

박 효 경

자신의 삶과 연결하며 읽어라

"독서한 내용을 모두 잊지 않으려는 생각은 먹은 음식을 모두 체내에 간직하려는 것과 같다." – 쇼펜하우어

책을 읽어도 기억이 나지 않는 순간이 있다. 누군가는 단 몇 십권의 책만을 읽고도 이 책에서 이 구절을 읽었고, 저 책에서 저 구절을 읽었다는 이야기로 수만 권의 책을 읽은 양 과시하는 독서가임을 자랑하는데 언제나 책을 곁에 두고 읽었다 자부하는 나는 그책을 읽은 것도 같은데, 저 책도 내가 읽기는 읽었기에 연결은 되는데 몇 페이지 어디에 어떤 글귀가 있었고, 누가 무슨 이야기를 했는지는 명확하게 기억이 나지 않았다. 그렇기에 전달자로서의 신

뢰성은 떨어지고 전달하려 했던 의미만 뭉게구름처럼 희미하게 기억날 뿐이다.

어떤 책은 읽고 난 뒤에 그 벅찬 감동이 사라질 새라 가슴에 새기고 필사도 해보고 내용 확인도 해보지만 결국에는 얼마 지나지 않아 기억이 희미해지고 내용이 기억나질 않는 순간의 반복과 반복이다. 그저 읽었다는 느낌과 어떤 감동을 느꼈는지 줄그었던 표시와 지금은 어떤 의미인지 알 수 없는 메모들을 끄적였던 것을 보면 내가 이 책을 읽긴 읽었구나 할 뿐이다.

한때는 이런 기억력의 한계에 의문을 가진 적이 있었다. 책을 읽는 방법이 잘못된 것일까? 혹은 내가 진정 책이 좋아 읽는 것이 아니고 활자중독이라 행간의 의미는 이해 못하고 그저 글자만 줄줄 읽어나갔기 때문에 기억을 못하는 것이 아닐까? 의문에 의문을 더하며 책 읽기에 대한 매너리즘에 빠진 적도 있었다.

누군가는 책 읽기란 하나의 과시적 목적을 가지고 책을 읽고 읽은 내용을 써먹고 은근히 자랑하기도 하는, '나 이런 책도 읽었다.', 이 정도로 책을 많이 읽는 독서가라 자랑하며 자신의 역량보다 더 높은 역량으로 평가되어지고 호응 받는 것을 즐기는 이들도 있다. 그런데 나름 책을 읽었다 생각하는 나는 읽고 또 읽어도 책을 향한 앎을 향한 간절한 목마름이 가시질 않고, 그저 좋아 읽는 책 읽기가 자랑하기 위한 책 읽기로 변질되는 것 같아 기분이 상한다. 가장 순수해야 할 독서 또한 하나의 스펙, 자랑거리로 치부되는 듯해서 속상하고 또 속상하다.

책을 읽는다는 것이 그저 즐겁고 행복해 혼자 책을 읽고 생각하고 미소 짓기도 하고 울기도 하는 혼자만의 책 읽기에 흠뻑 젖어 있던 나는 어느 순간 혼자 하는 독서가 잘못하다간 편견과 선입견으로 빠질 수도 있겠다는 생각이 들었다. 말 그대로 내가 원하는 것만 보고, 똑같은 책이라도 저자의 의도 혹은 다양한 관점과 상관없이 내가 보고픈 것만 보고 그것에 대한 생각만으로 깊이는 있을 수 있으나 다양하게 확장되기는 어렵겠구나 생각을 하게 되었다. 그렇게 혼자 하는 독서의 문제점을 발견한 나는 밖으로 눈을 돌렸고 한 권의 책을 읽고 함께 그 책에 대해 이야기를 나누며, 한 구절에서 느껴지는 다양한 생각들을 공유하고 느껴보고 싶다는 생각을 하게 되었고, 한 권의 책을 같이 읽고 생각을 나누는 모임들에 참석하기 시작했다.

대체적으로 모임들마다 성향이라는 게 있었다. 어떤 모임은 자기 계발서 위주, 어떤 모임은 인문학 서적, 소설, 그림책 등등 그런 여러 성향을 지닌 다양한 모임들에 참석하며 여러 분야의 책들을 읽고 다양한 생각들을 느끼며 향유하기 위해 노력했다. 나만의 독서, 나만의 생각으로 확장하던 책 읽기가 다양한 사람들과 다양한 책으로 다양한 생각들을 공유하다 보니 다양한 의견이 존재한다는 건 알겠는데 그것들을 연결하고 다듬어 나만의 생각으로 도출해내는 것은 쉽지 않음이 안타까웠다.

그래서 선택한 것이 독서 토론 후기를 적어보는 것이었다. 다양한 독서 투론을 하다 보니 토론에서 나에게 필요한 것이 '경청'과 '정리'라는 생각이 들었고, 나는 이를 중점으로 토론 후기를 열심히 적어보리라 다짐하고 실행에 옮겼다.

'경청'에 포인트를 맞추니 자연스레 내 생각 내 의견 말하기에 집중하기보다 상대의 다양한 의견에 귀를 더 기울이게 되었다. 그들의 생각에 더 깊이 들어가며 공감을 하기도 했고 의문이 생겨 질문을 하기도 하면서 생각들을 이어나갈 수 있었다. 경청하며 메모를 시작했고 나도 모르게 그들의 생각과 그들의 언어를, 나만의 생각 나만의 언어로 이해한 만큼 메모를 한다는 것을 알게 되었다.

토론 후기를 올리다보니 자연스럽게 문제점이 드러났다. 경청을 하고 정리를 하고 그것을 후기로 적어 사람들과 공유하기 위해 올리기는 했지만 그게 진정 토론한 내용이었을까 하는 의문이 들기 시작한 것이었다. 나도 모르게 내 안에 있는 생각들로 그들의 생각을 체에 거르고 다듬고 정리하여 후기로 토해낸 것이었다. 타인의 생각과 감정의 언어들을 온전히 그들만의 것으로 담아내질 못했다는 것이 개인적인 안타까움으로 남았다.

그리고 두 번째 독서 토론, 그때는 모든 것을 다 담아내고 말 것이라는 '경청'의 미덕을 머리와 마음에 꾹 담고 토론에 임한지라 오로지 메모에 집중하고 있었다. 토론이 끝나고 잊어버릴 새라 후기를 올리기 시작하며 토씨 하나도 틀리지 않겠다는 결의에 찬 마음으로 후기를 정리하기 시작했다. 그렇게 두 번째 독서 토론 후기가 올라갔고 사람들의 반응은 일관되게 너무 생생한 후기라 그 토론에 참여하지 않았음에도 함께 토론을 하고 있는 것 같은 느낌을 받았다는 것과 함께 토론한 이들은 우리의 숨소리까지도 다 들어 있는 것 같다며 칭찬을 마지 않았다.

그러나 두 번째 후기를 올린 후에도 마음에 들지 않았다. 과연 무엇이 문제였을까? 처음 독서 토론 후기에서 나는 타인의 생각과 언어를 내 귀를 통해 들으며 나만이 가지고 있는 체로 거르고 걸러 나만의 생각을 보태고 나만의 언어로 다듬은 것을 그들의 의견인 양 올렸을 때도, 정작 나만의 체를 걷어내고 타인의 생각과 언어를 날것 그대로 옮겨놓았을 때도 다 마음에 들지 않았다. 무엇이 문제였던 걸까? 고민과 고민을 했고, 생각과 생각을 거듭했다.

독서 토론 후기를 쓰는 방법에는 아마도 여러 가지가 있을 것이다. 누가 어떻게 쓰라고 딱 정해져 있는 방법이 있는 것도 아니고 자신의 생각대로 자신의 취향대로 적기만 해도 받아들이는 그 누군가에 따라, 듣고 보고 읽는 그 누군가의 마음에 따라 좋은 후기일 수도 있고 마음에 들지 않는 후기일 수도 있는 것이었다.

그렇다면 다시 한 번, 나의 후기는 무엇이 문제였을까? 첫 번째도, 두 번째도 올려준 것만으로도 고마워하는 이들로 인해 감사의 마음을 많이도 받았지만 스스로에게 충족되어지지 못하는 이 부족함은 무엇이었을까? 그러다 세 번째 독서 토론을 하게 되었고 독서 토론 후기를 쓰기 위해 노트북 앞에 앉은 나는 도무지 갈피를 집지 못하고 있있나.

　독서 토론이라는 것이 한 두 개의 키워드를 잡아 술술 풀어져 나갈 때도 있지만 서로의 다양한 생각들이 중구난방으로 흩어져 한 두 가지 키워드로 취합하여 포인트를 잡아 글로 옮기기가 쉽지 않은 날도 있는데 이번 독서 토론이 그랬다.

　안 그래도 어떤 후기로 방향을 잡아볼까 갈팡질팡하고 있었는데 독서 토론도 내가 생각하던 흐름과 달라 난감했고, 밤새 노트북 앞에 앉아 있었지만 한 줄도 쓸 수 없었던 차, 조용히 다시 한 번 더 책을 읽기 시작했다. 한국 단편선이었기에 길이도 그렇게 길지 않았건만 생각이 정리 되지 않았다. 내 생각뿐만이 아니라 타인들의 생각도 정리가 되어야 하는데 도무지 정리가 되지 않던 차에 밑줄을 그어놓은 몇몇 단락들이 보였다.

　순간 필사 구절이 떠올랐다. '그래! 필사 구절', 필사하고 싶었던 구절을 쭉 적어 놓았다. 짧은 단편이었는데도 필사하고픈 구절이 10개가 좀 넘었다. 그리고 그 필사 구절마다 필사하고 싶었던 이유와 공감, 이해, 나 자신, 내 삶과 연결을 해보았다. 질문이 생각으로 연결되고 그것이 꼬리에 꼬리를 물어, 나 자신과 내 삶으로 연결되어 확장되고 스스로를 돌아보는 계기가 되었다. 그렇게 필사 구절 구절마다 짧은 에세이처럼 마음을 담은 글을 올렸더니 그 반응은 또 달랐다. 약간은 어렵게 느껴졌던 단편선이 내 삶의 공감 에세이로 연결되다 보니 더 쉽게 다가오고 아 이런 생각도 할 수 있구나 하는 느낌을 더 많이 가질 수 있었다고 고마워하는 댓글들도 보였다.

세 번의 독서 토론 후기를 올리면서 드디어 나만의 스타일로 독서 토론 후기를 올리는 방법을 찾았구나 싶은 생각에 마음이 풍족해짐을 느꼈다. '자기만족'이라는 풍족함. 물론 타인의 반응으로 만족을 찾을 수도 있겠지만 이번 독서 토론 후기를 내 삶과 연결지어 생각을 해보았다. 그럼으로 해서 나를 뒤돌아보고 나 자신에 더욱 가깝게 다가갈 수 있었다는 느낌과 여태 책을 읽고도 내용을 기억하지 못해 읽었던가? 읽었었던 것 같은데…… 스스로도 갈팡질팡하던 책 읽기에 대한 내 기억력에 대한 원망이 단번에 사라짐을 느꼈다.

책 읽기에서 내용을 기억하고 몇 페이지에 누가 어떤 생각을 하고 어떤 말을 했는지 기억하는 것도 물론 중요하지만, 책 읽기란 눈으로 단번에 보여지는 결과물이 아닌 꾸준히 읽다보면 그 책 속에서 내 마음에 와 닿고 내가 느꼈던 그 감정들이 내 머릿속에 나도 모르는 사이에 저장되는 것이었다. 이것을 히로니카 에이스케라는 사람은 지식의 넓이가 커진다고 했는데, 그런 것 같다. 내가 꼭 기억해야지 하고 저장해둔 것은 아니지만 나이가 들면 자연스레 생기는 주름처럼 체득되는 것이 이 지식의 넓이인 것 같다는 생각이 들었다.

책을 읽고, 읽으면서 나 자신과 내 삶을 연결지어 생각하고 질문하고 사색하는 그 과정에서 나도 모르는 새 내 마음속 어디엔가 저장되어 나 자신을 성장 발견시킨다. 이떤 책을 읽너라노 그 책과 예전에 내가 읽었던 어떤 책과 연결지어 보며 조금 더 깊은 생각을 하게 되거나 조금은 다른 생각들로 확장되기도 하는 지식의 넓이, 그것이 커지는 것이었다.

단지 한 단어를 들었을 뿐인데 그 단어 하나만으로 생각에 생각을 연결하여 확장해나가는 능력, 그것이 여태 내가 열심히 해왔던 책 읽기의 결과물이었다. 책이란 그렇게 무의식에 녹아들어 나를 만들었다. 내가 읽는 대로 만들어진 결과물이었다. 그렇게 나는 지금도 책을 읽으며 생각하는 힘을 키워 스스로를 성장시키고 있는 중이었던 것이다.

읽은 책의 내용을 잊어버려도 괜찮다. 좋은 생각을 담고 있는 책이라면 당신의 마음에 좋은 영향을 받았을 테니까. 좋은 지식을 다룬 책이라면 지식의 넓이가 확장되었을 테니까 그것만으로도 충분히 나는 성장하고 있을 테니. 한 권의 책을 읽었다는 결과도 중요하고 성취도 중요하지만 책을 통해 질문하고 생각하고 곱씹어 보는 과정이 있어야지만 성장할 수 있다. 그런 과정들을 통해 성장하고 생각할 수 있는 힘은 키워진다. 내 가치관과 내 생각들은 그렇게 만들어졌다. 나란 사람은 내가 읽은 책들의 결과물이자 내가 읽은 책들의 산 증거였던 것이다. 내가 어떤 책을 읽었고, 몇 천 권, 몇 만 권을 읽었다 말하지 않아도 대화를 나누다 보면 알게 되는 깊이와 넓이, 그것이 나를 증명해주는 것이었다.

"지식의 넓이는 계속 공부하고 잊어버리는 사이에 두뇌 속에서 자연스레 키워진다." - 히로나카 헤이스케

나는 읽는 대로 만들어진다

아이들에게 책을 읽으라고 우리는 너무도 당연하게 말을 한다. 그 문장에 담긴 의미가 무엇인지, 책을 왜 읽어야 하는지, 책을 읽으면 어떤 좋은 점이 있는지에 대한 부연설명은 전혀 없이 책을 읽으라고만 말한다. 학교에 부모 상담을 가면 선생님이 말씀하신다.

"책 많이 읽히시나요? 책 많이 읽히세요. 책을 많이 읽어야 됩니다."

그런 이야기를 들을 때마다 생각한다.

'저 사람들은 한 달에 책을 얼마나 읽을까? 저 선생님은 평소에 책을 많이 읽으시나? 책을 좋아하시나?'

정작 어른들은 책을 얼마나 읽는지 왜 읽는지에 대한 깊은 성찰도 없이 사회적 분위기상, 많이 배웠다는 소위 지식인들까지 책을 읽으라 하고 책 속에 답이 있다 하니 책의 장단점에 대한 고려 없이 책을 읽어야 한다는 의무감만을 가지고 있는 듯하다.

우리는 흔히 문자를 익히기도 전 거의 태어나자마자부터 접하는 것이 책이다. 이 책 냄새를 엄마냄새와 함께 맡으며 자라난다. 그런

데 왜 점점 자라면서 우리는 '책'은 싫어하게 되는 걸까? 어릴 적부터 늘 함께했고 내 곁에 있었던 그리운 추억일 뻔한 '책'을 우리는 대체 왜 이렇게 싫어하고 의무감으로 생각하는 걸까?

우리는 책 읽는 사람을 좋아한다. 무슨 책을 읽고 그 책을 통해 어떤 생각을 했고 어떤 성찰을 하며 성장했는지는 차후 문제다. 그저 책 읽는 모습을 경외한다. 무슨 책인지는 모르지만 책을 끼고 앉아 읽고 있는 아이를 보면 그 아이가 어떤 아이인지 파악하기도 전에 저 아이는 똑똑한 아이일 거라는 선입견을 밑바탕에 깔아놓고 아이를 대한다.

일 년에 천 권을 읽었다거나 집에 책이 만 권이 있다거나 하는 사람들을 보면 우리는 그 사람에게 어떤 깊이가 있고 어떤 생각을 가지고 있는지 알기도 전에 막연히 그 사람을 대단하게 바라보게 된다. '책'이란 우리에게 그렇게 자리 잡혀 있는 것 같다. 그저 책을 끼고 있다는 것만으로도 경외하게 되고 우러러보게 되는, 뭔가 많이 알고 있고 나에게 가르침을 줄 것 같은 기대와 설렘으로 그 사람을 바라보게 된다.

그 깊이와 성찰에 대한 것보다 외적으로 보여지는 모습, 숫자에 집착한다. 그 책이 어떤 책이고 그 사람의 책 취향과 책에 대해 어떤 의견으로 생각의 깊이를 더해가는지 이야기를 나눠 보기도 전에 그 사람의 모습에 '책'을 덧붙여 '신뢰'라는 옷을 입힌다. 그런 막연한 신뢰가 괜찮은 것일까? 책이란 것은 읽는 사람이 사심 없이,

여기서 사심이 없다는 것은 말 그대로 어떤 목적도 없이 책을 읽는 것을 말한다. 그런 목적성 없이 책을 읽는 것이 일상이 되어 순수하게 책을 좋아하는 마음으로 읽어나가야 한다는 것을 말한다. 책이란 이렇듯 일상적 습관으로 어떤 장르든 편안히 꺼내 읽고 생각해볼 수 있는 일상의 한 부분이어야 한다고 생각한다. 책을 읽는 데는 사심이 없어야 한다.

'책이란, 무릇 어른이 읽어야 한다.'

우리는 아이들에게는 아주 간난아이 때부터 책을 읽어주고 글자를 읽히게 하고 수없이 많은 책들을 사준다. 정작 내가 읽고 있는 책은 몇 권인지, 책 구입비로 얼마를 소비하고 있는지 혹은 도서관에서 몇 권이나 빌려 읽는지는 생각해보지도 않는다.

나는 어릴 적부터 참 내성적인 아이였다. 사람을 만나면 쭈뼛거리다 엄마 치마폭 뒤에 숨어 살짝 고개만 내밀다가 엄마의 강요에 의해 수줍게 인사 하는 아이, 조용하고 순종적인 소위 어른들이 좋아하는 아이였다. 우리는 이웃집에 놀러가는 일이 자주 있었고 그때마다 그 집에 있는 책들을 찾아다니고 알지는 못하지만 무슨 책이든 꺼내들어 읽곤 했다.

문자를 꽤나 어린나이에 뗐다. 요즘이야 4살에 한글에 영어에 중국어도 하는 애기들이 있지만 우리 어릴 적엔 4살에 한글을 익혔다면 꽤 똑똑한 축에 들었다. 일찍 한글을 떼고 어른들의 대단하다는 칭찬에 힘입어 어딜 가든 책을 들고 다녔고 책을 읽었다. 그 내용을 다 이해했는지 어땠는지는 잘 모르지만 너무 일찍 문자를 깨우친 아이들에게는 특징이 있다.

어린아이의 오만이라 할 수도 있는데 그 나이 때 경험해본 것들이라곤 한정되어 있기 때문에 책 한 권을 읽으면서 이해할 수 없는 수많은 단어들과 문장과 행간의 연결고리가 있음에도 불구하고 그 사이사이의 의미에 대해서 생각해보지 않고 말 그대로 글자만 읽고는 그 책을 다 읽었다고 뿌듯해하는 특징 말이다.

부모님도 알지 못했고 나는 더욱더 알지 못했던 문제점이 나타나고 있었는데 그걸 깨우쳐 줄 어른이 없었다. 늘 책을 읽고 책 속에서 재미를 느끼며 책과 함께 생활했지만 그 책이 진정한 내 것으로 내면화되지는 못했다. 가장 큰 문제점은 모든 것을 책에서 배웠다는 것이었다. 웃자고 "연애를 글로 배웠습니다. 요리를 글로 배웠습니다"란 말이 한때 유행했었는데, 실제로 내가 그랬다.

'경험이 먼저다.'

우리가 일부러 말하지 않더라도 '경험'이란 것은 우리가 책 읽기 못지 않게 중요시 여기는 부분 중 하나다. 그럼에도 불구하고 우리는 이 경험이라는 것을 실제 해보는데 있어 주저하기도 하고, 경험의 중요성을 알면서도 그 뒤에 일어날 일들을 뻔히 아는지라 중간에 막아서기도 한다. 경험을 하고 그 경험 속에서 실패도 하고 좌절도 하면서 조율하고 소통하는 방법을 함께 배웠어야 했는데, 그 많은 경험들을 책 속에 빠져 책 안에서만 경험을 한 것이었다.

간접경험도 중요하지만 직접경험해 보고 부딪쳐 볼 수 있는 일들을 굳이 간접경험을 통해 느낄 필요는 없다는 생각이 들었다. 보통 우리가 간접경험이라 함은 하고는 싶지만 여러 여건상 할 수 없거나 여러 도덕적이거나 상황상 경험해 볼 수 없는 것들을 책을 통해 간접경험해 보고 그 느낌에 대해 생각해 보는 것이지 부딪쳐서 느껴볼 수 있는 일들을 굳이 책에서 할 필요는 없는 것이었다.

책 속에서 많은 것을 경험하고 느낀 나는 아무리 다양한 간접경험을 해보았다고 해도 실제에서는 그 적용점이 달랐다는 걸 어른이 되어서야 느끼게 되었다. 어릴 적이야 내가 싫으면 굳이 친해지고 싶지도 않은 친구들이랑 엮여 소통할 필요가 없었기 때문에 쉽게 넘어갔지만 어른이 되어서는 모든 사람들이 책 속에 나오는 사람들과 같지 않았고 펼쳐지는 상황들도 책보다 더 다양했고 많이 다름을 느끼면서 실제 인간관계에서 부딪치는 일이 많았다. 책이 주는 부작용이었다. 책 읽기와 함께 사회와 소통하는 경험도 병행했었어야 했는데 어른들의 막연한 칭찬에 힘입어 그저 읽고 또 읽기만을 한 것이다. 경험의 부재였다.

'아이들은 책을 읽는 것이 아니다.'

그래서 나는 아이들에게 책을 읽어 주지 않는다, 라는 말을 하면 대부분의 사람들이 깜짝 놀란다. 어린 자녀를 셋이니 돈 임바나고 소개할라치면 많은 사람들이 묻는다.

"책을 많이 읽어주시나요?"

굳이 우리가 책이 중요하다 말하지 않아도 많은 이들은 우리의 삶 속에서 책이 얼마나 중요한 것인지를 믿어 의심치 않는다. 거기다 평소 책을 좋아하고 늘 읽는다는 말을 하면 사람들은 더 많은 책들을 자녀에게 읽어 줄 것이라 기대한다. 정작 나는 나를 위해서는 책을 읽지만 아이들을 위해서는 책을 잘 읽어주지 않는다.

이제 막 초등학교 들어간 큰애는 문자를 알아야 하는 시기인지라 같이 책을 읽고 읽어주려 노력하지만 그전에는 책을 특별히 읽어달라고 말하지 않는 이상은 잘 읽어주지 않았다. 책을 많이 읽는다고 아는 사람들은 그런 내 말에 의아해한다. 집에 애들 책이 없는 것은 아니다. 주로 내 책들이긴 하지만 낱권으로나마 아이들 책을 가끔 구입한다. 그렇게 구입한 책들을 나는 아이들에게 어떻게 사용할까? 책들을 그냥 떠벌려놓는다. 이래저래 밟히도록 펼쳐놓고 굴러다니게 그냥 둔다.

내가 책을 볼라치면 아이들도 놀다가 어느샌가 곁에 와서 엄마 흉내를 낸다. 책을 거꾸로 들고 무언가 읽는 척을 한다. 글자는 읽지 못하니 그림을 보면서 자기 혼자 주절주절 이야기를 만들어 낸다. 그런 아이들의 이야기 소리가 참 듣기 좋다.

책을 읽어주는 대신 아이들에게 가끔 책을 읽어달라고 한다. 어떤 때는 "나 글자 못 읽는데?" 하기도 하지만 대부분은 자기 생각대로 느끼는 대로 읽어준다. 어떤 때는 책 속 내용을 너무 정확하게 알아 애가 글자를 아나? 싶을 때도 있지만 그 경우는 어린이집이나 유치원에서 같은 책을 선생님이 한번 읽어주셨을 것이다. 아이들은 기억력이 좋아서 한번 들은 책 내용은 대체로 기억한다. 그림책이란 글자보다 그림 위주라 그림을 보고 선생님의 목소리를 듣고 그 내용을 인지한다.

책이란 서점에 나오는 순간 저자의 손을 떠나 해석하고 느끼는 것은 독자의 몫이라 생각한다. 대부분의 책들은 약간의 목적성과 의도성을 가지고 나온다. 그림책도 마찬가지다. 그런 목적성과 의도성이 아이들에게 또 다른 편견과 선입견을 주는 것이 아닐까 싶은 생각에 주로 책을 읽어달라고 하며 그 그림에서 느끼는 자신들의 생각을 펼쳐 이야기를 만들어 보도록 하는 것을 더 선호한다. 그림은 그림대로 느끼게 두고, 글 내용은 그 내용대로 읽어주고 듣기만 하면서 느끼도록 둔다. 책을 아이들에게 보여줄 때는 그렇게 사용한다.

나는 책을 읽어주는 대신 아이들과 몸으로 놀아주려고 노력한다. 비가 오면 비를 맞고, 넘어지면 넘어진 대로, 일어나고 싶으면 일어나면 되고, 아프면 아픈 대로 울면 되고 그렇게 자연스럽게 그 과정들을 지나가보는 경험을 많이 할 수 있도록 곁에서 지켜봐 주려고 노력한다. 어릴 적에는 책 읽기보다 경험 속에서 많은 것을 체득하기를 바라는 마음에서다. 책 읽기는 그 다음이라고 생각한다.

'경험'이란 뼈대 위에 '책'의 내용들을 살로 붙일 때 더욱 풍성해진다고 생각한다. 그런 의미에서 책이란 아이들보다는 경험이 풍부한 어른들이 읽을 때 더 효과적이라고 생각한다. 생각의 힘이 더욱 풍성해지고 그것이 경험과 함께 더해져 깊은 성찰을 할 수 있다고 생각한다. 사람은 읽는 대로 만들어진다. 우리가 어떤 경험을 하고 어떤 사람들을 만나고 그 삶 속에서 만난 수많은 사건, 사고들이 책을 만남으로 더욱 풍성해지고 꽃을 피운다고 생각한다. 사람의 가치관과 생각이란, 경험의 뼈대 위에 책을 읽으며 생각하고 성찰한 내용의 살을 붙이며 만들어지는 것이다. 나라는 사람은 내가 읽고 경험하고 생각한 대로 만들어진다. '생각대로 살지 않으면 사는 대로 생각하게 된다'라는 말도 있지 않은가?

"독서가라고 지칭하는 사람이 모두 존경받는 사람이라고 말하기는 어렵지만 적어도 존경할 수 있는 사람은 책을 많이 읽고 참다운 인간으로 성장을 계속하는 사람임에 틀림없다." – 하이부로 무사시 《삶을 향상시키는 독서철학》

박효경 | 책은 어른이 읽는 것이다. 어른이 되기까지 내 삶의 경험이란 뼈대 위에 책을 통해 얻은 다양한 경험들을 살로 입혀 영혼을 살찌워 더욱 성장할 수 있는 발판이 만들어지기 때문이다. 내가 책을 읽고 책을 통해 성장하는 어른이라서 참 좋다.

감사하고
만족하는 습관

김 두 정

9년간 다니던 회사에 사표를 던지다

2017년 3월. 내 인생에 두 가지 큰 사건이 생겼다. 하나는 너무나 사랑하고 존경하는 장인어른의 죽음이었고, 또 하나는 9년간 다니던 회사를 그만둔 것이다.

언제나 나와 아내 곁에서 든든한 버팀목이 되어주실 거라 믿고 있었던 장인어른이 돌아가셨고, 2008년 입사 후 평생 다닐 것 같았던 회사를 그만두고 다른 외국계 회사로 이직하게 되었다. 요즘 유행하는 "워라밸워크 앤 라이프 밸런스"이 더 좋은 회사로 옮기게 되었다는 기쁨도 잠시한 채 아이러니하게도 너무나 슬픈 일이 같은 달에 벌어진 것이다.

"김 서방, 요즘 회사 일은 좀 할 만한가? 어려운 점은 없는가?

허허허……."

　언제나 소탈한 모습으로 너털웃음을 지으시던 나의 장인어른. 혈액암 투병을 하면서 기력이 쇠해지고 삶에 대한 의욕이 약해져 가는 모습에 안타까움은 커져만 갔다. 사랑하는 둘째 딸의 집에 오실 때마다 기뻐하셨는데, 투병하면서 가족들에게 짐이 되는 건 아닌지 염려하는 모습이 비추어질 때마다 죄송한 마음이 들었다. 기력이 쇠해지면서 예민해진 감정표현에 한편으로는 싫은 감정이 생길 때도 있었다. 소중한 것은 그것이 사라진 뒤에 그 소중함을 알 수 있다는 말처럼 살아계실 때는 몰랐는데 돌아가시고 나서 다시 볼 수 없는 장인어른 얼굴을 떠올리며 후회가 막심했다. 장인어른이 돌아가시기 한 달 전, 마산어시장에 갔었지만 투병 중이라 그 좋아하던 회 한 접시 못 드시고 하늘나라로 떠나 버려서 그때 생각만 하면 눈물이 난다.

　며칠 전, 장인어른의 첫 기일 제사를 지냈다. 벌써 일 년이 지나 버려서 세월이 참 빠르다는 생각도 들었고, 너무나 보고 싶고 그립다. 외할아버지 제사상을 앞에 두고 절을 따라 한답시고 고개를 방바닥 깊이 숙이고 엉덩이를 치켜들고 있던 5살 아들의 모습을 보면서 어찌나 눈물이 나던지!

　다음날 산소에 가서 "할아버지가 왜 산소 안에 있어요?"라고 물어서 "응, 외할아버지께서 돌아가셔서 산소에 묻히셨고, 하늘나라에서 우리 지오를 지켜보고 계실 거야"라고 답했다.

"하늘나라에 할아버지가 왜 있어요?"

하면서 천진난만하게 묻는 아들을 보면서 살아계신 장모님에게 더 잘해야겠다는 다짐을 하면서 산길을 내려왔다.

2008년 가을 어느 날. 국내 최고의 제약회사에 당당하게 입사하고 고액의 연봉을 받게 되면서 남부러울 것이 없었다. 불과 1년 전 무거운 가방을 어깨에 메고 만원버스를 탄 채 울산대 취업스터디로 향하던 고된 서리 밭길만 같았던 취업 준비생의 모습은 오간데 없었다.

"야, 한 잔 해, 내가 쏠게. 마셔 마셔."

그랬다. 많은 돈을 받고 좋은 직장에 다닌다는 우쭐함에 친구들을 만나면 내가 잘난 줄로만 알고 어깨에 힘이 들어가기 일쑤였다. 한껏 자랑하고 집으로 돌아오는 길 차창 밖으로 빗물이 주르륵 흘러내렸다. 그것이 빗물인지 나의 눈에서 흘러내리는 눈물인지 분간하기 어려웠지만 한 가지 분명한 것은 내 마음속에 채워지지 않는 빈자리였다. 1년 넘게 고생해서 좋은 직장에 남부럽지 않은 연봉을 받게 되었지만 정신적으로 깊은 공허함을 느꼈고, 채우고 싶은 욕구가 생겼다. 그때 책상 언저리에 쌓여 있던 책에 눈길이 머물었다.

"맞아, 난 원래 책을 좋아했었잖아. 책을 보면 마음의 위안을 받을 수 있을 거야."

한줄기 빛과 같은 희망이 생겼다.

"김 대리, 무슨 일을 이따위로 하는 거야!"

큰 목소리가 사무실 저쪽 끝까지 울려퍼졌다.

"죄송합니다 지점장님, 다시 확인하고 처리하겠습니다."

2016년에도 여전히 내 마음의 평화는 없었다. 연봉도 더 높아지고 직급도 높아졌지만, 이놈의 군대식 조직문화는 그대로인 것만 같았다.

'시대가 어느 땐데 쪼으기만 하는 거야! 그렇게 답답하면 본인이 거래처에 가보든가.'

속으로는 이런 생각을 하면서 앞에서는 웃고 있어야 했다. 직장 생활 8년이 지났지만 변한 것이 없고 답답한 마음은 더해져만 갔다.

한줄기 빛과 같은 희망은 잠시였을 뿐, 바쁘다는 핑계로 책을 읽는 것은 안드로메다 행성에 가서나 가능할 것만 같았다. 이 상태로 있다가는 내 심장이 폭발해 버릴 것만 같았다. 무슨 수를 써서라도 책을 읽어야겠다는 생각이 들었고 검색창에 독서 모임을 검색했다. 내가 사는 지역 근처에 독서 모임이 몇 개 검색이 되었지만 연락되는 곳이 없었다.

'안되겠다. 스스로 책을 읽어야겠다'고 마음먹었지만 쉽지 않았고, 얼마 뒤 물어물어 지역 독서 모임에 참가하게 되었다.

"성장하고 싶으면 훌륭한 사람들과 어울리고, 훌륭한 곳에 가고, 훌륭한 행사에 참석하고, 훌륭한 책을 읽고, 훌륭한 강연을 들으면 된다."

　내가 좋아하는 말이다. 책을 읽으면서 가장 좋은 점은 감사하고 만족하는 습관이 생긴 것이다. 지금 대한민국에서 팽배한 '수저론' 이나 초등학생 희망직업 1순위가 건물주가 되는 것이라는 웃지 못할 씁쓸한 현실에 마음이 아프다.

　초등학생 때부터 성적 등수로 경쟁을 시작해서 직장인이 되고 나서는 연봉과 아파트 평수, 타고 다니는 차 브랜드로 경쟁을 한다. 나도 그랬었고 지금도 더 많은 돈을 벌고 싶지만, 책을 읽고 좋은 강연을 들으면서 나보다 더 어려운 상황을 극복한 사람들의 사례를 통해 현재 주어진 상황에 감사하고 만족하는 습관이 생겼다.

　《땡큐파워》라는 책을 읽고 21일 감사일지를 쓰면서 평상시 지나쳐 버렸던 일상에서의 감사한 일이 얼마나 많은지 알게 되었고, 감사하게 생각하니 더욱 감사한 일들이 많이 생겼다. 되돌아보면 내가 회사를 옮기게 된 계기도 감사일지를 쓰면서 시작된 것 같다.

　고액 연봉도 좋지만 가족과의 시간이 더욱 중요하다는 생각을 하게 되고, 감사하게 생각하다 보니 좋은 기회가 생겨서 직장을 옮길 수 있었다. '간절히 바라면 이루어진다'는 말의 힘을 믿는다. 미국 최고의 도시락 회사 CEO인 김승호 회장의 책을 읽고 '100일 동안 100번 쓰기'를 실천하면서 정말로 내가 원하는 외국계 회사로 옮겼고, 사랑하는 아들과 함께하는 시간이 늘면서 삶의 만족도가 더욱 좋아지고 있다.

감사의 힘으로 선한 영향력을 전파하는 리더가 되자

감사와 관련된 인상 깊은 글이 있어 인용해본다.

> 일어나면 항상 감사하게 여겨라
>
> 비록 오늘 많은 것을 배우지는 못했을지라도
>
> 조금이라도 뭔가를 배웠지 않은가
>
> 설혹, 조금도 배운 것이 없다 할지라도
>
> 최소한 아픈 데는 없지 않은가.
>
> 혹시 아팠다면 최소한 죽지는 않았지 않은가
>
> 따라서 항상 모든 것에 감사해야 한다.

불교의 창시자인 고타마 싯다르타의 글이다. 뿐만 아니라 "범사에 감사하라"라는 말로 기독교에서도 감사의 힘을 강조한다. 얼마전 별세한 천재 물리학자 스티븐 호킹 박사도 루게릭병에 걸려서 손가락 밖에 움직일 수 밖에 없는 절망적인 상황에서도 항상 감사하게 생각했다고 한다.

하루는 스티븐 호킹 박사가 연설을 마쳤을 때 기자들이 "병마가 당신을 영원히 휠체어에 묶어놨는데, 운명이라는 녀석이 너무 많은 것을 빼앗아갔다고 생각하지 않나요?"라고 물었다.

스티븐 호킹 박사는 세 개의 손가락을 이용해 타자를 두드리며 미소 지었다.

"내 손가락은 여전히 움직일 수 있고, 두뇌로는 생각을 할 수 있습니다. 나는 꿈이 있고 사랑하는 가족과 친구들이 있습니다"라는 박사의 말이 화면에 나타났다.

호킹 박사는 힘겹게 다음 문장을 이어나갔다.

"아, 그리고 나는 감사할 줄 아는 마음을 가졌습니다!"

그 순간 그 현장에는 벅찬 감동의 박수 소리가 울려 퍼졌다. 이 얼마나 멋진 광경인가! 그들은 호킹 박사보다는 신체적으로 더 유리한 조건에 있지만 나약한 생각으로 삶을 바라본 것은 아닌지 반성했었다.

나 역시 육체적으로 멀쩡하고 훨씬 더 편하게 생활할 수 있지만, 회사에서 직장상사에게 스트레스 받는다고 가정에서 육아가 힘들다고 불평불만이 많았다.

하지만 스티븐 호킹 박사와 관련된 책을 읽고 나서는 더 이상 투덜대지 않았다. 건강한 신체와 정신을 가지고 태어나게 해주신 부모님께 감사하고, 옆에서 나를 지켜주고 힘내라고 응원해주는 사랑스런 아내와 아들에게 감사한 마음이 샘솟듯이 솟아났다.

살아가다보면 감사한 일들과 마음 상하는 일들이 끊임없이 반복되면서 일어난다. 그것이 살아가는 참맛인가 보다. 기분 좋고 달콤한 맛도 있고, 씁쓸해서 내뱉고 싶은 맛도 있다. 여러 가지 맛이 섞여 있는 인생사. 그 중에서도 기억에 남는 가장 감사한 날과 시간이 있다.

2014년 6월 16일 19시 36분!

바로 그날은 눈에 넣어도 아프지 않은 사랑하는 나의 아들 지오가 태어난 날이다. 10개월 동안 아내의 뱃속에서 엄마와 함께하면서 열심히 발길질도 하고, 신기한 눈빛을 보내는 아빠의 목소리를 알아들었는지 한번씩 반응하던 우리 아들 지오. 신참 아빠에게는 점점 불러오는 아내의 배와 함께 태어날 아이의 얼굴이 궁금하기도 하고 행여나 문제가 생기지는 않을지 복잡 미묘한 감정의 연속이었다.

"응아아앙~ 응애~ 응애~~"

아내가 분만실에 들어가고 한 시간 반 만에 그토록 기다리고 보고 싶던 아들 지오가 우렁찬 목소리로 세상의 빛을 봄을 알렸다. 참을성이 엄청난 아내는 진통을 덜어줄 무통주사도 맞지 않고 건강한 아들을 출산했다.

한 시간 반 동안 나도 분만실에 함께 들어가서 아내 손을 꼬옥 잡고 아내와 출산의 고통을 함께하려고 발을 동동 굴렀다. 물론 이 글을 보고 있는 아내는 당신이 출산의 고통을 100분의 1이라도 알겠냐고 동의하지 않겠지만. 분만실에서 첫 아이를 만난 아빠들은 느꼈을 것이다.

아이가 태어난 순간 세상의 빛이 온통 우리 아이에게 집중이 되며 마치 연극의 피날레를 장식하는 주인공이 내 눈앞에 와 있는 듯한 느낌을.

그 감격과 기쁨의 순간은 오래 가지 않았다. 지오가 태어난 바로 다음날 아침, 아동병원 의사의 진료결과는 내 귀를 의심하게 만들었다. 태변을 조금 흡입하면서 호흡기 쪽에 문제가 생길 수도 있다는 말과 함께 아들 지오는 앰뷸런스를 타고 양산부산대병원 중환자실로 떠나야만 했다. 그때부터 난 제정신이 아니었다.

지오가 일주일간 인큐베이터 안에 있는 동안 매일 중환자실 면회를 위해 발길을 옮겼다. 아이를 보러 가기 위해 운전해가는 차 안에서부터 벅차오르는 가슴을 부여잡고 흐르던 눈물은 인큐베이터 안의 아들을 보자마자 폭포수처럼 왈칵 쏟아졌다. 옆 인큐베이터에 있는 다른 아이는 앙상하게 말랐고 힘이 없어 코에 산소 호흡기를 꼽고 있었다. 그에 반해 포동포동 살이 오른 지오는 무척이나 큰 목소리로 '응애 응애' 울어댔고, 마치 '아빠, 나는 여기에 있기 싫어요, 엄마한테 빨리 갈래요!'라고 하는 것만 같았다.

하루는 어머니와 함께 면회를 갔는데 본인 아들이 너무나 슬퍼하고 펑펑 우는 모습을 보고

"괜찮다 아들아, 괜찮아……."

"우리 손자 지오는 괜찮아질 거야. 너무 걱정 마, 건강하게 퇴원할 거야."

하시면서 내 등을 토닥토닥 두드려 주셨다. 바윗돌보다 무거운 발

젊음으로 집으로 돌아가며 "하느님, 신이 있으시다면…… 제발, 우리 아들 지오가 아무 문제없이 건강하게 퇴원하게 해주세요"라고 신에게 기도했다.

나와 아내, 가족들의 기도 덕분인지 다행히도 지오는 건강하게 엄마 품으로 돌아왔다.

"정말 감사합니다. 정말 감사합니다. 살아가는 동안 착하게 살고 다른 사람에게 도움이 되는 사람이 되도록 노력하면서 살겠습니다!"

살아가면서 많은 사람들을 만나고 그들과의 인연 속에서 '나'라는 사람이 존재한다. 또 책을 통해 간접적으로 경험을 하고, 시공간을 초월해서 여러 다양한 사람을 만나게 된다. 나보다 절망적인 상황에서도 항상 감사하게 생각했던 사람들의 책을 읽고 나서부터는 삶을 바라보는 시선과 목적이 달라졌다.

예전에는 나만 잘살면 그만이지라는 생각이 강했다면, 쉽지는 않지만 지금은 다른 사람도 잘사는 환경을 만들었으면 하는 생각이 든다. 그런 생각으로 "감사의 힘으로 선한 영향력을 전파하는 리더가 되자"라는 문구도 생각해 봤다. 무언가 나를 대표할 수 있는 슬로건을 생각하던 중 마음에 드는 문구가 완성된 것이다.

예전에는 '어떻게 하면 재산을 늘리고 멋진 차를 타서 다른 사람들 눈에 잘 보일까'라는 생각이 컸다면, 요즘은 작은 일에도 감사하고, 내가 만나는 사람들에게 조금이라도 도움이 되는 사람이 되고 싶다. 어떻게 보면 현재 독서 모임에서 사무국장을 맡아 소식지를 만들고 운영진 활동을 하는 것도 선한 영향력을 발휘하는 것이라 할 수 있지 않을까. 가정과 직장에서, 사회에서 감사하고 만족하는 마음을 통해 선한 영향력을 전파하는 멋진 '나'로 거듭나길 소망한다!

김두정 | 책은 나를 비춰주는 거울이다. 거울 속으로 들어간 나는 드넓은 하늘을 훨훨 나는 갈매기 조나단이 되고, 담쟁이넝쿨이 되어 벽을 넘고 한계를 뛰어 넘어보기도 한다. 삶이 팍팍하고 목이 메일 때엔 책이라는 거울을 들고 환하게 빛날 나의 미래를 투영해보자.

03

언제 어디서나
책 읽기

문 지 영

폰오프 책 읽기를 시작하다

휴대폰 알람 진동에 놀라 눈을 떴다. 9시 30분. 곧 있으면 밀양 역에 도착한다. 기차가 역에 도착했을 때 시계를 들여다보았다. 기차역을 나와 주차장에 있는 차를 탔다. 가끔 장거리 출장을 갈 때 시간을 맞추기 위해 밀양역까지 와서 기차를 타곤 한다. 오늘도 그런 날이다.

밀양을 지나 창원으로 들어오면서 마음이 급해졌다. 고속도로 톨게이트까지 오니 어느새 시계는 10시에 가까워지고 있었다. 결국 톨게이트 한쪽에 차를 세우고 폰을 집어 들었다. 그리고 급하게 글을 써서 올렸다. 10시 1분 전. 그제야 안도의 한숨을 내쉴 수 있었다. 이제 조금은 편안해진 마음으로 고속도로를 달려 집으로 왔다. 언제부터인가 외부 출장 등으로 바쁠 때에는 이렇게 급하게 시간에 맞춰 글을 올리게 되었다. 그것이 바로 [잠들기 전 폰 오프]의 행복한 책 읽기 안내 글이다.

처음 책 읽기 안내 글을 올리기 시작한 것은 지난 9월이다. 원포인트 레슨을 맡았던 책 내용을 읽고 발표 준비를 하면서 나를 돌아보게 되었는데 그것이 바로 '책 읽기'와 '몰입하기'였다. 창의성 교육에 대한 공부를 오랫동안 해오면서 몰입에 대해서는 칙센트미하이 교수와 황농문 교수의 책과 강의를 통해 공부한 바 있었다. 그런데 이것을 생각과 학습의 몰입으로만 생각했지, 몰입하는 삶을 생각하지는 못했었다. 책을 읽을 때나 일을 할 때 의외로 많은 방해 요소들 때문에 제대로 몰입하지 못한다는 것이다.

2주에 한 권씩 정해진 책을 읽고 오는 것이 의외로 어려웠다. 책을 읽고 연구하는 일이 직업이라 읽어야 할 책들이 많은데 추가로 한 권의 책을 더 읽어야 한다는 부담이 컸다. 어느 때는 꽤 많은 회원들이 책을 읽지 못하고 오기도 했다. '들깨적'을 하면 된다고 했지만 아무래도 책 내용에 대해 충분한 토론을 나누기가 어려웠다. 내가 원포인트 레슨을 맡았던 그날은 유독 더 심했다. 그도 그럴 것이 책 두께가 평소보다 거의 2배 가까이 되었기 때문이었다.

책의 분량이 워낙 많아 15분의 짧은 시간 동안 많은 내용을 정리하니 강조하기만 쉽지 않있다. 결국 시간을 넘기고 밀었지만 각 장별로 간단하게 내용을 정리하고 특히 중요한 내용이나 우리의 고정관념을 깨는 내용은 영상 자료까지 보여주며 강조를 했다. 그 과정에서 우리 모두가 가장 절실하게 느낀 것이 있었다. 책을 몰입해서 읽어야 한다는 사실이었다. 그날 그 책을 완독한 사람은 나를 포함하여 몇 사람 되지 않았고, 다들 내용을 제대로 몰라 책을 끝까지 읽지 못한 것을 아쉬워했다. 그러면서 집에 가서 끝까지 꼭 읽어야겠다고 했다. 몰입해서 읽는 방법으로 말이다.

책을 좋아하고 책을 읽고 싶어 하면서도 많이 읽지 못하는 이유는 무엇일까. 사무실에서 책을 읽고 연구하는 일이 직업인 내 모습은 대충 이렇다. 책을 읽으려고 펼쳤다. 그런데 컴퓨터는 켜져 있고, 책을 읽다가 인터넷을 하거나 여기저기서 걸려오는 전화를 받다보면 책 읽는 속도는 더디기만 했다. 책을 읽고 있는데도 딴 생각을 하거나 여러 가지 일들을 하느라 페이지가 넘어가지 않았다. 반쯤 읽다가 다른 책을 읽게 되고, 결국 읽으려고 쌓아놓은 책들 중 절반도 못 읽고 책장에 꽂히는 경우가 대부분이었다. 다른 분들도 비슷했는지, 늘 바빠서 책을 못 읽었다는 말이 여기저기서 들려왔다.

어쩌면 우리에게 필요한 것은 물리적인 시간이 아닌지도 몰랐다. 물론, 기본적으로 책을 읽기 위한 시간을 확보하는 것도 중요하다. 그런데 더 중요한 것은 같은 시간 동안 책을 읽어도 어떻게 읽느냐에 따라 읽기의 양과 질이 달라지기에 몰입해서 읽는 습관이 중요하다는 것이다.

몰입해서 책을 읽으려면 지켜야 할 것이 있다. 인터넷이나 휴대폰, SNS, 텔레비전 등을 끄고 책을 읽는 것이다. 이것을 '디지털 디톡스'라고 했다. 같은 방식으로 일을 한다면 업무도 잘 된다고 했다. 이렇게 몰입하여 일하는 것을 '딥 워크'라고 했다. 그날 우리 모두는 디지털 디톡스와 딥 워크의 필요성을 공감했고 자신의 책 읽기와 일하는 습관을 돌아보며 느슨했던 모습을 반성하고 스스로 실천해보겠다고 다짐했다.

발표를 마치자마자 출장이 있어서 서울로 올라가는 기차 안에서 아무리 생각해도 이것을 말로만 할 것이 아니라 실천으로 옮기는 전략이 필요하겠다고 생각이 들었다. 그리고 각자 혼자 알아서 하는 것이 아니라, 우리가 함께하면 좋겠다는 생각이 들었다. 기차 안에서 남편에게 이야기를 하고 의논한 끝에 곧바로 실행에 옮겼다. 그리고 사람들에게 함께하자고 제안을 했다. 책 읽는 시간을 확보하기 위해 틈틈이 책을 읽는 것은 물론이거니와 아예 하루 중에 책 읽는 시간을 정하여 읽는 것이다. 그리고 책을 읽을 때는 다른 어떤 것도 하지 않는 것이다. 인터넷도 끄고 휴대폰도 끄고, 집에서 책을 읽을 때는 텔레비전도 꺼야 한다. 휴대폰을 끌 수 없다면, 적어도 휴대폰을 보거나 만지지 않아야 한다.

하루 중 나에게 가장 좋은 시간은 언제일까 고민하다 밤 10시로 깅했다. 밤늦게까지 깨어 있는 걸 즐겨 해서 늦게까지 일을 하고 집에 들어와도 금방 잠들지 않기에 밤 10시 정도면 책을 읽을 수 있을 것 같았다. 집에 돌아오니 10시가 다 되었다. 10시 1분 전, 10시부터 11시까지 한 시간 동안 책 읽기를 한다고 안내를 했다.

물론 책 읽기 시간은 개인마다 상황에 따라 다를 수 있다. 다만, 오늘 읽은 책의 제목과 쪽수, 간단한 내용이나 소감 등을 댓글로 올려달라고 했다. 함께 읽고 함께 성장할 수 있는 좋은 방법이라고 생각했다. 함께하겠다는 분들이 열 명이 넘었다. 덕분에 힘을 얻어 마음 편하게 책을 읽을 수 있었다.

텔레비전도 끄고 노트북도 닫고, 휴대폰도 끄고 책을 읽으니 집안은 조용했다. 포털사이트의 기사를 검색하거나 TV드라마를 보던 시간이었는데 조용하게 책을 읽으니 생각보다 훨씬 내용에 푹 빠져 읽을 수 있었다. 얼마나 되었을까. 남편이 와서 말을 걸어서 그때서야 시계를 확인해보니 11시 40분이 되어 있었다. 아예 시간을 정하고 책을 읽어서 그런지 마음 편하게 몰입할 수 있었다. 가끔은 책을 읽으면서도 내용이 잘 이해가 되지 않아서 다시 또 읽기를 하기도 했는데 이번에는 그렇지 않고 이해가 잘 되었다. 평소처럼 중요하다고 생각하는 부분에 표시를 하며 책장을 넘겼다.

읽은 쪽수를 확인하니 무려 110쪽이나 되었다. 요즘 이렇게 한 번에 많이 읽었던 적이 드물었는데. 책 읽은 분량은 그다지 중요하지 않을 수도 있겠지만, 그만큼 책 읽기에 몰입할 수 있었다는 것이기에 뿌듯하고 기분이 좋았다.

무언가를 해낸 것 같은 기분이 들었는데 이렇게 작은 성공 경험을 하고 나니 10시 폰오프 책 읽기를 계속해야겠다는 확신이 들었다. 남편도 같이 책을 읽었는데 나쁘지 않았는지 내일부터는 온 가족이 함께 거실에서 같이 책을 읽자고 제안했다. 여름방학부터 텔레비전 드라마에 빠져 있던 아이도 책을 읽은 분량에 따라 용돈을 주기로 하고 함께 읽자고 한 것이다.

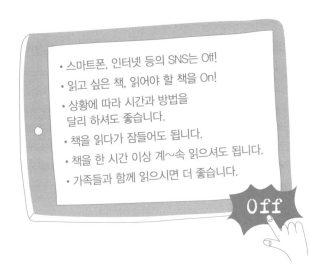

- 스마트폰, 인터넷 등의 SNS는 Off!
- 읽고 싶은 책, 읽어야 할 책을 On!
- 상황에 따라 시간과 방법을
  달리 하셔도 좋습니다.
- 책을 읽다가 잠들어도 됩니다.
- 책을 한 시간 이상 계~속 읽으셔도 됩니다.
- 가족들과 함께 읽으시면 더 좋습니다.

Off

9시 30분에 알람을 맞추어 책 읽기 안내 글을 미리 올렸다. 읽을 책과 마시는 차를 같이 준비하여 10시부터 책 읽기를 하도록 안내했는데 이것은 나를 위한 실천 공언이기도 했다.

10월 5일, 추석 연휴 3일의 마지막 날엔 〈삼블기 선, 폰오프 잭 읽기〉 20일째였고, 12월 24일, 크리스마스 이브의 밤엔 책 읽기 100일째를 맞았다. 책 읽기 안내와 책 읽기는 지금까지 계속 되고 있으며, 이제 나의 일상이자 소명이 되었다. 쌓아둔 책들이 점점 없어지자 나도 모르게 책 읽기에 자신감이 생겼다. 나도 이젠 누가 뭐래도 당당한 독서가이다.

그녀의 가방이 무거운 이유

매일 아침, 출근길에 나는 가방을 두 개 들고 간다. 대부분 하나는 어깨에 메고, 다른 하나는 손에 들고 간다. 어깨에 멘 가방에는 3P 바인더와 다이어리, 아이패드 등이 들어 있다. 그리고 손에 든 작은 가방에는 그날 읽을 책이 들어 있다. 대부분 3~4권 정도인데 읽고 연구해야 할 전공서적인 경우가 많다. 한창 바쁠 때는 점점 더 읽어야 할 책들이 늘어나서 손에 든 작은 가방만으로는 부족할 때가 있다. 결국 커다란 에코 가방에 책을 6~7권 이상 담아서 양쪽 어깨에 메고 가기도 한다. 그것도 모자라 다시 양손에 책을 들고 가기도 한다. 양어깨에 큰 가방을 메고 두 손에 책을 들고 계단을 오르는 나의 출근 모습은 이제 익숙하다.

누군가 내게 책 중독이라고 했다. 어릴 때부터 책을 좋아하고 책 읽기를 좋아하여 어디를 가든, 책 한 권 손에 들고 가는 것이 습관이 되었다. 거기다 전공 서적까지 읽어야 하니 점점 들고 다니는 책이 많아져서 이젠 보기에 안쓰럽기까지 하다고 했다. 이런 나를 두고 책 중독이라고도 했고, 활자 중독이라고 하는 사람도 있었다. 어쩜 그 말이 맞는지도 모르겠다.

책으로 세상의 많은 정보와 지혜를 모두 얻을 수는 없지만, 그래도 내게 있어 책은 나를 깨우쳐주고 나에게 기쁨을 주며 나를 지탱해주는 든든한 기둥이 되어 주었다. 그래서 정기적으로 신간도서를 검색하고 가끔은 서점에 직접 가서 책을 고르기도 한다. 그리고 책을 주문한다. 그것도 아주 많이. 2년 전만 해도 남편은 그런 나에게 비정상적이라고 했다. 책이 쌓여서 꽂을 곳이 없을 정도인데 또 책을 주문한다고 짜증을 냈었다. 다행히 남편도 독서경영을 코칭 받은 후부터 책에 대한 가치가 변하여 이해하기 시작했고, 스스로 읽을 책을 주문하거나 직접 가서 구입할 정도로 크게 바뀌었다. 참으로 다행이고 감사한 일이다.

직장을 구한 이후 내가 번 돈으로 책을 살 수 있게 되면서 가장 행복한 순간을 꼽으라면, 서점에서 읽고 싶은 책을 골라 구입할 때와 일요일 아침, 햇살 좋은 창가에 앉아 음악을 들으며 책을 읽는 순간이다. 20년이 훨씬 넘도록 가져온 나만의 행복한 시간이다. 비록 5년 전부터 서점에 직접 가서 책을 고르기보다 인터넷으로 책을 검색하여 고르고 주문할 때가 더 많기는 하지만 말이다. 매달 구입하는 책이 평균 20권쯤 된다. 전공 서적이 주를 이루지만, 인문학과 자기 계발서도 있다.

문제는 읽고 싶은 책이 점점 많아진다는 것이다. 자연히 책 구입량도 계속 늘어서 이젠 더 이상 책을 꽂을 데도 없어 바닥에 쌓아두고 있을 정도다. 이 많은 책들을 읽어내는 것도 쉽지 않다. 가능하면 하루 중 많은 시간을 책 읽기에 투자하려고 한다. 다행히 어릴 적부터 책을 어디든 들고 다니면서 읽었다. 덕분에 자투리 시간에 책을 읽는 것은 그리 어렵지 않았는데 점점 자투리 시간마저 확보하기가 어려워져서 어느 때는 책을 들고 갔다가 거의 한 장도 못읽고 그대로 들고 오기도 했다.

한 권의 책이 아니라 여러 권의 책을 한 번에 들고 다니는 것은 관련되는 책을 같이 들고 다니면서 연결 독서를 하기 때문이다. 연결 독서란, 일종의 계독과 비슷한 것으로 내가 만들어서 사용하는 말이다. 예를 들어 아들러에 대해 읽는다고 하면, 책을 구입할 때부터 적어도 3~4권에서 많게는 6~7권의 관련 도서들을 같이 주문한다. 그래서 아들러의 심리학에 대해 조금 더 다양하고 풍부하게 읽을 수 있도록 하는 것이다. 그러다보니, 한 주제에 적어도 2권정도의 책을 들고 다니며 읽고, 전공 도서까지 같이 들고 다니면 가방은 어느새 또 무거워지는 것이다.

봄이 오는 향기를 맡으며 무거운 가방을 메고 두 손에 몇 권의 책까지 들고 사무실로 들어선 아침. 가장 먼저 읽어야 할 책이나 가장 중요하게 읽어야 할 책을 책상 한가운데에 올려놓았다. 이런 것은 대부분 전공 서적이다. 원두커피를 갈아 커피머신으로 커피를 내리는 동안 나는 진한 커피 향을 맡으면서 컴퓨터를 켠다. 그리고 가방에서 나머지 책들을 꺼내 책상 왼쪽에 쌓아둔다. 조금 여유가 있는 아침에는 책상 왼쪽 대각선 방향에 놓인 독서대를 이용하여 책을 읽기 시작한다. 하지만 할 일이 많은 아침에는 독서대를 이용할 틈도 없이 앉은 채로 책을 읽기 시작한다.

그렇다고 종일 책을 읽고 있을 수만은 없다. 강의하고, 회의하고, 컨설팅 받기 위해 찾아온 사람들을 만나서 상담도 하다보면, 어느새 퇴근 시간을 훌쩍 넘길 때가 많다. 이렇게 바쁜 날에는 점심식사를 거를 정도여서 책을 읽는다는 것은 거의 불가능하다. 그럼에도 불구하고 나는 혹시 모를 몇 분의 자투리 시간에 단 몇 줄이라도 읽기 위해 책을 가지고 가는 것이다. 다행히 몇 줄만이라도 읽으면 조금은 위안이 된다.

하지만 단 한 줄도 못 읽은 날도 꽤 많다. 내 시간을 전혀 갖지 못한 것이다. 이런 날에는 퇴근 전에 10분의 여유라도 찾아서 조금이라도 책을 읽고 퇴근하면 마음의 여유를 찾게 되고 기분이 한결 나아짐을 느낀다. 어둠이 내린 저녁 시간, 나만의 시간을 가질 수 있게 해주는 책이 있어서 행복한 시간이다.

가끔 퇴근 후 다른 약속이 없을 때 책을 들고 커피숍에 가서 한 시간 정도 차를 마시면서 흘러나오는 낮은 음악 소리를 빗 삼아 책을 읽고 올 때가 있다. 이런 날은 정말 행복하다. 사무실과 집이 아닌 새로운 곳에서, 그것도 커피숍에서 책을 읽는 시간은 정말 멋진 시간이다. 다만 너무 시끄럽지 않은 커피숍을 찾는 편이다. 그래야 여유로움을 맘껏 누릴 수 있기 때문이다.

어둠이 내린 창가의 달빛을 보며 책을 읽는 즐거움에 빠질 때는 더없이 행복하다. 커피가 식어도 모를 정도로 책에 빠져드는 것이 좋아서 알람을 맞춰놓지 않으면 안 된다. 집에 갈 시간을 맞춰 놓아야 하는 것이다. 이런 날, 읽던 책을 마저 다 끝까지 읽고 가게 되면 정말 날아갈 듯 기쁘다. 다 읽은 책이 책장을 메울 때 내 마음도 가득 채워진다.

그러나 대부분의 평일 저녁에는 커피숍에 가서 책을 읽는 것보다 곧바로 집으로 올 때가 더 많다. 집에 오면 직장인의 삶이 아니라, 주부와 엄마로서의 삶이 시작된다. 제2의 직장으로 출근한 것이다. 아이가 어렸을 때는 그림책을 읽어주면서 내 마음의 위로를 얻거나 아이에게 필요한 책을 읽어주기도 했고 아이와 번갈아 소리내어가며 함께 책을 읽기도 했다.

하지만 요즘에는 아이도 자라서 같이 책을 읽는 경우는 거의 없지만, 같은 시간에 같은 공간에서 서로 자신이 읽고 싶은 책을 읽는 것도 무척 기분 좋은 시간이다. 남편은 소파에 앉아서 아이와 나는 거실 테이블에 앉아서 책을 읽는데 이때 우리들의 행복지수는 만점이다.

 남편이 늦는 날, 아이와 나는 같이 저녁을 먹고 아이는 자신이 할 일이 있다고 먼저 식탁에서 일어나 가버렸을 때 가끔 혼자 남아 있을 때가 있다. 혼자 식탁에 남아 앉아 있을 때 자칫하면 조금은 기분이 울적해질 때도 있는데 이럴 때 나는 얼른 책을 가지고 온다. 가을밤에는 음악을 잔잔하게 틀어놓고 책을 읽기도 했다. 요즘 새롭게 깨달은 것인데 식탁에 앉아서 책을 읽는 것도 꽤 재미가 있다는 것이다. 의외로 책장이 술술 잘 넘어간다는 것을 깨달은 이후부터 식탁을 얼른 치워놓고 책을 본격적으로 읽기 시작했다. 새로운 공간에서 책을 읽었기 때문인지 그 자체만으로도 기분이 좋아서 한두 시간이 금방 지나갈 정도였다.

 지난 겨울 나는 주방에서의 책 읽기에 새로운 즐거움을 발견하게 되었다. 처음에는 식탁에 앉아서 책을 읽었는데 주방 바닥이 따뜻하여 결국 바닥에 앉아 따뜻한 온기를 느끼며 책을 읽으니 어린 시절로 돌아간 것 같았다. 배 깔고 엎드려 책을 읽다가 잠든 적도 있었다.

 침대에서 책을 읽다가 잠이 들고, 가끔 일찍 일어나면 아침 독서를 하기도 한다. 책을 읽는 시간과 장소를 정해놓고 읽을 수도 있겠지만 바쁜 일상 중에 자투리 시간을 활용하여 책을 읽었을 때의 작은 즐거움은 꽤 오래 지속되었다. 책을 읽을 틈이 언제, 어디에서 생길지 몰라 늘 여러 권의 책을 넣어 다니느라 무거운 가방을 메고

디니긴 히지만, 책이 있어 행복하고 지투리 시간에리도 책을 읽을
수 있어서 행복한 오늘이다.

문지영 l 창가에 앉아 책을 읽을 때 행복과 살아있음을 느낀다. 5분 독서와
'폰-off 북-on'의 행복한 책 읽기 운동으로 연 300권의 책을 읽는다. 질문과 생
각, 대화와 토론, 성찰을 통해 끊임없이 배우며 사유의 시선을 높여 모두가 철학
하는 행복한 사회를 꿈꾼다.

아!
그렇게 생각할 수도 있구나

성 유 진

어차피 늦은 거 급할 필요 없어! 다음 신호등에 건너면 되지

대한민국에서 태어나 거의 모든 사람들이 받는다는 초·중·고등 교육을 받으며 자랐다. 왜 9시까지 학교를 가야 하지? 놀고 싶을 때 놀면 안 되나? 내가 지금 이걸 왜 해야 하지? 하고 싶을 때 하면 안 되나?

어릴 때부터 스스로에게 수많은 "왜?"라는 질문을 던졌지만 누구 하나 시원하게 대답해 주는 사람 없었고, 나조차도 내 자신에게 명쾌한 해답을 줄 수 없는 것이 내 삶이었다.

'해야 하니까 해야 하는구나. 하라니까 하는 거구나.'

누가 정해 놓은 건지 모르지만 대한민국에 살아야 하기 때문에 내 의지와는 상관없이 다들 하는 것처럼 그렇게 살았다. 8살에 초등학교를 입학하고 13살에 초등학교를 졸업했다. 14살에 중학교를 입학했고 16살에 중학교를 졸업했다. 17살에 고등학교를 입학했고 19살에 고등학교를 졸업했다. 대학교 역시 남들이 다 가기 때문에 당연히 가야 하는 거였다.

대학입학을 앞두고 사업이 하고 싶었다. 남들이 사는 것처럼 살고 싶지 않았다. 내가 아닌 타의에 의해 정해진 틀에 맞춰 그냥 남들이 살아가는 대로 살고 싶지 않았다. 누구나 하는 생각, 누구나 다 살 수 있는 삶이 싫었다.

다른 사람들과 똑같이 살고 싶어 하지 않으면서 다른 사람들처럼 살고 있는 내 모습을 보게 된 어느 날, 내 안에 꿈틀대고 있는 뭔가의 말에 귀를 기울이기 시작했다.

지금부터는 내가 계획하고, 내가 선택하는 삶을 살고 싶었다. 대학을 가더라도 부모님의 바람이 아닌 내가 가고 싶어서 가는 대학이고 싶었다. 결혼을 하더라도 내가 하고 싶어 하는 결혼이고 싶었다. 조금은 느린 듯 빠르게 내 인생에 사춘기를 맞았다.

내가 아닌 다른 사람들의 생각이 궁금해지기 시작했다. 나보다 먼저 삶을 살았던 분들은 어떻게 살았는지 그들의 삶이 보고 싶었다. 질문 리스트를 만들어 친한 분들을 찾아갔다. 내가 평소에 궁금했던 것, 알고 싶은 것을 인터뷰 형식으로 여쭤보며 궁금증을 해소했다. 시간의 한계가 아쉬울 만큼 재미있고 유익한 시간이었다.

내가 만난 분들이 인터뷰 도중에 말씀해 주셨던 공통적인 이야기가 있었다.

"내가 가장 힘든 시기에 읽었던 책이 있어요. 그 책 중에……."

"내가 가장 고민하던 시기에 추천 받았던 책이 있었어요. 읽지 않고 뒀다가 우연히 집어 들었는데, 그 책이 내 삶을 이렇게 바꿔 줬어요."

"저는 큰 결정을 해야 할 때, 너무 힘들 때, 주체할 수 없이 기쁠 때 책을 읽어요."

같은 질문에 응답해 주시는 모든 분들이 다른 대답을 해주셨다. 하지만 책에 대한 이야기는 모두가 빠트리지 않았다.

'정말 책 속에 답이 있을까?'

책은 지루하고 재미없는 것이라는 생각이 강했다. 어릴 때 고모 집에서 언니들을 거쳐 나에게까지 와서 읽게 된 위인전 전집. 중학생이 꼭 읽어야 할 인문고전, 고등학생이 읽어야 할 역사이야기 등 지금 생각해도 다시 읽고 싶지 않은 책들이다.

책은 지루하고 재미가 없다고 생각했다. 지루하고 재미가 없는 책 안에 내가 원하는 해답이 있다고 한다. 그 안에 길이 있다는 생각에 책을 읽기 시작했다. 어떤 책을 읽어볼까. 고민하며 책을 읽기로 결심하고 처음 꺼내 잡은 책이 《헬렌켈러》였다. 생각보다 재미있었다. 다른 사람의 생각이 알고 싶어 인터뷰를 했던 것처럼 책을 읽으면서 책을 쓴 작가의 생각을 읽기 시작했다. 읽는 책이 많아지기 시작했고 당연히 삶에서도 조금씩 변화가 생기기 시작했다.

'빨리 빨리' 문화에서 자랐다. 약속이 있으면 10분 전에 약속 장소에 먼저 도착해서 기다리는 것이 오늘 만날 사람에 대한 예의라고 배웠다. 마트에서 계산을 하고 쏟아져 나오는 내 물건을 얼른 장바구니에 넣고 계산을 하고 받은 영수증과 잔돈을 정리해서 지갑에 넣기도 전에 자리를 비워줘야 하는 것이 뒷사람에 대한 예의라고 배웠다. 신호등이 빨간불일 때는 멈춰 서고 노란불일 때는 빨리 지나가야 하는 것이라고 웃으며 이야기하는 문화에서 살고 있다. 나와 비교해서 잘 못하면 느리다고 단정짓고 나보다 잘하면 그 사람의 잘하는 점을 배워서 나도 그렇게 되려고 노력해야 한다고 배웠다.

나는 배운 대로 살았다. 밤하늘에 빛나는 별을 볼 틈도 없이 학교 공부를 하며 고3 시절을 보냈다. 비타민D는 햇볕에서만 공급받을 수 있다는 상식도 모른 채 교양 수업을 들으며 대학교 시절을 보냈다. 하늘을 보고 한숨을 내쉬며 행복하다고 느끼기까지 13년이 걸렸다.

설 명절 1년에 두 번 중, 고등학교 동창회를 한다. 오랜만에 모여서 그동안 살았던 이야기들을 늘어놓으니 웃음이 끊일 시간이 없다. 밥을 먹고 간단히 맥주를 한 잔 할 생각으로 다음 장소를 정했다. 골목길을 빠져나와 큰 길 건널목으로 가는 길에 친구가 이야기한다.

"야! 초록불이다! 빨리 건너자!"

친구의 외침에 이야기를 나누며 여유 있게 걷던 친구들은 작전이라도 짠 듯 서로 먼저 건너겠다며 신호등을 향해 전력질주를 하고 있었다.

"뛰지 마! 다음 신호에 건너도 되잖아!"

걸음이 빨라 먼저 뛰어간 친구들은 첫 번째 신호에 길을 건너 먼저 약속 장소에 도착해 있었다. 몇 분 차이로 다음 신호에 건넌 우리가 약속 장소 문을 열고 들어가자 먼저 도착한 친구들은 여전히 웃으며 그동안 못한 이야기를 늘어놓느라 웃음이 끊이질 않는다. 우리가 가야 할 곳은 이미 정해져 있었다. 도착 시간이 빠르고 늦음은 우리에게 중요한 것이 아니었다. 모두가 이 자리에 모여 있다는 것이 중요한 것이다.

초록불은 일정한 시간이 지나면 또 들어온다. 급하게 뛰어서 길을 건너도, 이야기하면서 천천히 걸어가다 다음 신호에 건너도 큰길을 충분히 건널 수 있다.

태어날 때부터 여유와 느림의 미학을 가진 사람이 제일 부러웠던 나는 다혈질이라는 성격을 몸에 지녔다. 작은 일에도 짜증을 잘 낸다. 그냥 넘어갈 수 있는 일에도 화부터 내고 본다. 밥도 씹다 말고 넘겨 버릴 만큼 성격이 급하다. 급하게 먹고 체하면 근본 원인을 찾아 해결하기보다는 아프다고 짜증을 냈다. 부당한 대우를 빌아 컴플레인을 제기하러 갔다가 이겨 본 적이 한 번도 없다. 열 받으면 열만 내고 있었다. 느린 친구에게 빨리 가자고 손을 잡아당겼다. 빨리 가는 친구와 함께 가고 싶어 더 열심히 뛰었다.

그냥 성격이 급하고 화가 많았던 내가 언제부터인가 주위를 둘러보기 시작했다. 짜증을 내는 순간 그 짜증을 받는 상대는 이유 없이 기분이 좋지 않을 수도 있다는 것을 알기 시작했다.

밥을 먹을 때 꼭꼭 씹는 건 물론이고, 농사를 지어주신 분들에게 감사하는 여유까지 가지게 됐다. 느린 친구와 걸을 땐 느린 친구의 걸음걸이에 맞춰 걸을 줄 알게 되었다. 빨리 가는 친구에게는 조금 쉬었다 가면 어떠냐고 그늘을 제시해 주기도 한다. 부당한 대우를 받으면 그럴 만한 이유가 있었겠지 생각하게 되었고, 꼭 이야기를 해야 한다면 나빴던 감정은 빼고 잘못되었던 상황에 대해서만 이야기할 줄 알게 되었다.

변해야지! 바뀌어야지! 생각하지도 못한 시간동안 책을 통해 내가 원하는 모습으로 살아가고 있다. 조금 느려도, 조금 달라도 괜찮다는 것을 알고 있다. 목표를 정확하게 세우고, 하고자 하는 의지가 있다면 빠르고 느림은 어떤 일을 이루어 내는데 아무런 영향을 주지 못한다는 것을 책을 통해, 책에서 만난 많은 사람들을 통해 배웠다.

차를 팔면 되지!

새로운 일을 시작하고 설레는 마음으로 매일 출퇴근하던 어느 날, 평소보다 10분 일찍 집을 나섰다. 사무실에 들어가기 전에 커피라도 한 잔 하고 갈 수 있는 여유가 있다는 생각이 들자 오랜만에 출근길이 신 났다.

늘 다니던 길이라 예상대로라면 모든 것이 완벽한 하루다. 하지만 우리의 삶에는 늘 변수가 있기 마련! 그래서 재미있는 것이 내 삶이다. 집에서 사무실까지 차로 약 20분 정도 걸린다. 자동차 전용 도로를 이용하기 때문에 차가 막혀서 늦어본 적이 한 번도 없었다. 이상하게 그날은 차들이 느릿느릿했다. 아직 목적지까지 반도 채 가지 못했는데 앞 차가 비상 깜빡이를 켜고 천천히 멈추기 시작한다. 나보다 조금 늦게 출발할 언니를 위해 상황을 카톡으로 이야기해줬다.

"25번국도 터널 공사 중. 언니는 좀 돌아가도 시내로 들어가는 게 더 빠를지도 모르겠다!"

언니에게 카톡을 보내고 '다른 시간도 많을 텐데 하필 출근길 차가 제일 많을 이 시간에 공사를 하는 건 뭐지?'라며 속마음을 입 밖으로 내뱉았다. 커피를 마실 수 있어서 행복했던 마음도 잠시, 출근이 늦어져서 투덜투덜 하루가 엉망이 되었다고 생각했다.

10분 일찍 출발했지만 이대로라면 정해진 출근시간보다 늦을 수도 있겠다는 생각에 마음이 급해졌다. 공사 구간을 지나고 할 수 있는 한 서둘렀다.

'하, 늦었다. 어떡하지? 늦었다, 늦었어.'

늦었다는 생각이 마음을 조급하게 만들었다. 빨간불일 때는 조급함이 더해졌다. 집을 나서면서 가졌던 여유로운 마음이 그리워졌다. 늦어도 여유롭게 늦고 싶었다. 혼이 나도 웃으면서 혼나고 싶었다. 손과 발은 운전을 하면서 머릿속에는 지금 이 상황에서 여유를 찾을 수 있는 방법을 생각하고 있었다.

'10분이 늦든 1시간이 늦든, 얼마나 늦는가 하는 문제는 별로 중요하지 않을 수도 있어. 늦었다는 사실이 중요하지! 어차피 늦어서 하루 종일 눈치를 봐야 한다면 내가 하고 싶은 걸 다 하고 늦자!'

그러면 늦어서 혼이 나고 눈치를 봐야 해도 변명 없이 하루 종일 웃을 수 있을 것 같았다. 생각을 바꿨을 뿐인데 빨간불에 차가 멈춰서도 조급해지지 않았다. 노랫소리는 더 커졌고 노래를 따라 불렀다. 사무실 근처 스타벅스에서 커피를 사갈까? 25번국도가 끝나는 곳에 있는 평소 즐겨 가던 단골 카페에서 커피를 사갈까? 여유 있게 고민까지 하고 있었다. 평소 즐겨 가던 카페에서 커피 6잔을 사서 출근했다.

"제가 즐겨가는 카페 커피가 진짜 맛있는데, 맛보여 드리고 싶어서 이거 사오느라 늦었어요. 기분 좋게 커피 한 잔 하시면서 즐겁게 하루 시작해요 우리!"

커피를 사지 않고 사무실에 간다면 커피를 살 때보다 5분 일찍 들어갈 수 있다. 커피를 사지 않고 늦지 않게 출근할 수 있다면 바로 출근하는 게 맞다. 이미 늦은 상황에서 더 행복하고 만족할 수 있는 선택을 하는 것이 최선이라고 생각했다. 함께 행복하고 싶어서 사무실에서 함께 일하는 직원들 커피까지 사서 출근했다.

늘 매사에 자유롭고 즉흥적이다. 다른 사람들이 보기에는 그런 내가 자유로워 보일지 모른다. 그런 내 안에도 나름대로의 기준은 정해놓고 산다. 나 혼자의 삶이 피해 보는 건 괜찮다. 나로 인해 다른 사람이 함께 피해를 봐야 하는 일에 있어서는 누구보다 잘 해야 한다는 강박을 안고 살았다.

모든 일에 완벽해야 한다는 생각이 나 자신을 목 조르고 힘들게 했다. 회사에 지각하는 일은 절대 용납할 수 없다. '지각을 한 내 모습'에 실망해 하루 종일 마음 불편해 했다. 어차피 일어난 일에 스스로 스트레스를 주며 힘들게 살았다.

내가 노력해도 결과가 달라지지 않는다면 마음을 달리 먹으면 된다는 생각을 하고 나서부터 모든 상황에서 마음이 자유로워졌다. 생각을 조금만 유연하게 하면 내 삶은 더 재미있다. 매일이 즐겁다.

"리꼬는 좋겠다! 하고 싶은 일만 하고 살아서!"

"리꼬가 세상에서 제일 부럽다."

"어떻게 그렇게 매일 신날 수가 있지?"

"사람이 매일 즐거울 수 있겠나 싶다가도 널 보면 그럴 수 있겠다 싫다!"

마음을 달리 먹기 시작하면서 스스로에게 자유를 허락하고 난 후부터 자주 듣는 말이다. 이런 이야기를 들을 때마다 '내가 원하는 대로 변하고 있구나'라는 생각에 괜히 스스로 대견하기도 하다. 만날 때마다 종종 별생각 없이 사는 것 같은 내 모습이 부럽다는 언니를 오랜만에 만났다. 점심을 먹고 소화도 시킬 겸 공원을 걷는데 언니가 깊은 한숨과 함께 입을 열었다.

"앞으로 뭐 해먹고 살아야 할지 모르겠다. 애는 크고 내가 버는 돈은 정해져 있는데. 나가는 돈은 더 많아지고. 어쩌지?"

"잉? 언니가 그런 말 하면 대한민국에 먹고 살 수 있는 사람 아무도 없어. 엄살 부리지 마!"

언니와 형부의 수입을 대충 알고 있는 나로서는 언니의 말이 도무지 이해되지 않았다.

"아니야. 진짜 없어! 나가는 돈이 너무 많아."

"언니랑 형부 사는 거 보면 딱히 돈 쓰는 데도 없는 것 같은데."

"우리 월급 들어오면 여기저기 나가기 바빠!"

누구나 하는 그냥 이야기라고 생각했다. '나 잘 살고 있어!'를 이렇게 이야기하나 보다 하고 별생각 없이 대화를 이어 갔다.

"얼마 전에 이사했잖아. 인테리어 하고 가전 가구 싹 넣었지. 기존에 넣던 보험에 연금에 적금까지. 거기다 얼마 전에 형부 차 바꿨잖아! 차 한 대 바꾸고 할부금이 조금 더 많아졌을 뿐인데 왜 이렇게 힘드니? 차 할부금 때문에 알바 해야겠다."

"언니! 차를 팔면 되지 뭘 알바야!"

"차를 팔면 되네! 맞네! 한 번도 차를 팔면 해결될 거라는 생각
해 본 적 없어. 차를 팔면 된다는 리꼬 말이 신선하다. 그동안 보
험, 연금, 적금, 차 할부금 때문에 돈을 벌어야 했고 힘들었다는 걸
왜 몰랐지?"

"우리 버스 타고 다니면서도 잘 살았어, 언니! 일부러 힘들게 살
지 말자."

언니는 차를 할부로 사는 게 당연하다고 생각했다고 했다. 한 달
에 몇 십만 원씩 3년을 갚고 나면 차는 내 소유가 되니까 남는 것
이라 생각했다고 한다. 매달 내는 할부금이 '당연하다'고 여겨졌다
고 했다. 매달 갚아야 하는 돈이 있으니 일을 잠시 쉰다는 것은 생
각할 수가 없다.

종종 별걱정 없이 사는 것 같은 내 모습이 부럽다는 사람들이
있다. 걱정이 없는 사람이 어디 있을까? 다만 걱정을 한다고 해서
지금 이 상황이 더 나아지는 것이 아니라는 걸 알기에 걱정을 하
지 않을 뿐이다. 걱정은 또 다른 걱정을 낳고 생각의 구덩이를 판
다. 현실에 대한 사실만 정확하게 직시한다면 언젠가 해결할 수 있
는 상황이 만들어진다. 이번에 언니와 나눈 대화는 어쩌면 해결할
방법을 알고 있지만 욕심이 걱정을 만든 건지도 모르겠다는 생각
이 들었다.

나를 사유롭게 하는 생각. 생각을 행동으로 옮기고, 내 생각에 책임을 질 수 있는 용기를 가지는 것. 생각을 조금만 바꾸면, 무겁고 답이 없을 것 같던 삶도 충분히 가벼워질 수 있다는 것을 책을 통해 배웠다.

성유진 | 책은 쉼이다. 하루 종일 해먹에 누워 온몸에 긴장을 풀고 왔다 갔다 바람을 맞으며 쉬어가듯. 언제 어디서든 쉬어가고 싶을 때 찾게 되는 것, 여행이고 힐링이다.

05

책 읽는 아이,
독서육아

한 지 선

무언가를 하며 보낸 시간, 아이 안에 고스란히 남아있다.

그날도 아이는 잠들지 않았다. 우리 집안에서 가장 처음 결혼과
육아를 경험하게 된 나. 친정엄마도 안 계셨기에 육아에 관한 조언
을 해줄 사람이 아무도 없었다. 밤마다 30분 간격으로 깨는 아이
탓에 피로가 쌓일 대로 쌓인 나는 그저 베란다에서 뛰어내리고픈
마음밖에 없었다. 퀭한 눈으로 하루하루를 겨우 이겨내고 있는 내
게 누군가 '수면교육'이라는 것을 알려주었다.

"뭐? 잠 안 자는 아이 잘 재우는 꿀팁? 세상에 그런 게 있단 말
야?"

당장에 수면교육 관련 책을 사고, 블로그 글을 읽으면서 아이에
게 수면교육을 해보았다. 역시나 먹히지 않았다. 그러다 '베이비위

스퍼'가 우리나라에 있나는 얘기를 듣게 되었고, 서액의 돈을 무고 코칭까지 받게 되었다.

아이의 온몸을 모포로 둘둘 감싸서 아이가 제 팔다리를 꼼짝 못하게 만든다. 그리고 불을 끄고 아이를 혼자 놔두고 나온다. 아이가 울어도 바로 가서 달래주면 안 되고 일정 시간 기다렸다 들어가 달래줘야 한다.

전문가라던 그 여자는 코칭 당일 밤은 자기가 아이를 맡을 테니 절대 아이 곁에 오지 말 것을 당부했다. 다음날 아침 만나게 된 내 아이의 얼굴은 처참했다. 얼마나 울었던지 온 얼굴이 퉁퉁 부어 있었고, 나를 보자마자 또 울음을 터트렸다. 그녀는 밤새 잘 견디었다며 아이가 아닌 나를 위로해주며 말했다.

"사랑에는 부드러운 사랑과 딱딱한 사랑이 있어요. 의뢰자님은 이제껏 부드러운 사랑만 주셨어요. 엄마 수준이 아니라 거의 할머니 수준으로 대해주신 거죠. 아이가 커서도 계속 엄마만 찾기를 원하세요? 그건 싫으시죠? 그럼 아이가 혼자 놀게 내버려두세요. 그리고 집이 너무 더럽군요. 오늘부터 아이가 놀아달라고 보채도 혼자 놀게 놔두시고, 그 시간에 청소를 좀 하세요. 반짝반짝 빛나는 집이 되도록요."

그렇게 나의 어리석은 육아가 시작되었다. 엄마로서의 내공이 차츰 쌓여가며 깨달았다. 수면교육이라 칭한 나의 육아는 절대 있을 수 없는 일이었음을. 아이에게 평생토록 용서받아야 할 너무나 큰 잘못이었음을.

둘째 출산 전 또 뛰어내려 죽고 싶을까 봐 난생 처음 육아서를 주문해서 읽었다. 그때였던 것 같다. 어리석고 미련했던 나의 육아에도 빛이 들어온 것은.

책 제목이 재미있어서 산 육아서는 신의 배려였는지 '책 육아'에 관한 것이었다. 책에서 '환경 세팅이 반이다'라고 되어 있었기에 우선 거실을 서재화하고, 곳곳에 책 바구니를 배치해놓고 아이가 움직이는 동선에 교묘하게 책을 깔아놓았다. 이렇게 분위기 조성만 살짝 해놓으면 책 육아의 절반은 성공한 것이라 믿었다.

하지만 아이는 낮에는 온종일 동네 놀이터를 평정하다 밤만 되면 책을 읽어달라고 졸랐다. 자기 전에 가볍게 읽어주던 책 몇 권들이 10권이 되고 20권이 되고, 책 읽는 시간 또한 새벽 1~2시를 넘기기 일쑤였다. 책 읽어주는 사람 지겹지나 않게 다양한 책을 읽어달라면 오죽이나 좋을까. 계속 똑같은 책만 읽어달랜다. 입에 단내가 나고 턱도 아프다. 게다가 책 하나 읽으면서 뭔 질문을 그리 많이도 쏟아내는지. 과거 미안한 마음에 억지로라도 읽어주었다.

고단하고 외롭기까지 한 기나긴 새벽 시간을 아이와 오래도록 겪어내며 서서히 깨닫게 되었다. 비록 똑같은 책일지라도 아이는 열이면 열, 다 다른 부분에 시선을 빼앗기고 마음을 빼앗긴다는 것을. 자기 전 엄마와 함께 책 읽는 시간이 아이에겐 하루 중 가장 소중하고 행복한 시간이라는 것을.

내 아이는 도통 글은 보지 않고, 그림만 본다고? 책을 보고 있는 건지 딴 생각을 하고 있는 건지 알 수가 없다고?

아니다. 아이는 지금 책에 머물러 있는 중이다. 그 머무름 속에 그림도 있고, 글도 있고, 엄마 목소리도 있고, 엄마의 살 냄새도 배어 있다.

어른들은 책을 읽을 때 대부분 스토리 위주로 기억하지만 아이들은 그렇지 않다. 아이들은 책의 한 페이지를 하나의 장면으로 기억한다. '책을 읽는다'는 표현보다 '책과 이야기하고 있다'는 말이 더 맞을 것 같다. 당신의 아이는 지금 책에 기꺼이 들어가 책 속에서 온갖 희로애락을 경험하고 있다. 수백 가지 표정, 수백 가지 마음 근육을 써가며 책에서 감정변화를 느끼고 있는 중이다.

책 육아가 유행하며 '활자 중독', '책만 읽는 바보'라는 말이 나오기 시작했는데, 책 육아 한번 제대로 해보면 안다. 책만 읽는 바보란 없다. 집이 온통 책으로 도배되어 있다 하더라도, 아이는 하루 종일 책만 끼고 지내지 않는다. 하루의 90%는 놀고, 나머지 10%만 책을 본다. 하루 종일 뛰어 놀고, 에너지가 방전될 때 즈음해서 책으로 손을 뻗는다.

"오늘은 세 권만 읽고 불 끄고 자는 거야!"

이 말만 하지 않을 수 있어도 성공이다.

낮에는 미친 듯이 놀다 밤만 되면 책을 들고 온다고? 자기 전에 책 들고 오는 거라도 감사히 생각하고 읽어주는 버릇만 해도 독서 습관은 자연스레 자리 잡는다. 하루 종일 실컷 놀고 와서 자기 전 엄마 품에 안겨서 듣는 책들. 그런 찰나의 순간들이 쌓여 독서 습관이 자리 잡는다.

사각사각 책장 넘어가는 소리, 사랑하는 엄마의 목소리, 따뜻한 품내. 이 모든 것이 버무려져 아이는 책을, 배움을 사랑하는 이로 자란다.

책을 가까이 하는 아이들을 가만히 살펴보면, 하루 종일 쉴 새 없이 놀더라도 그 좁은 틈새마다 책이 교묘하게 스며들어 있다. 작정하고 책으로 노는 것이 아닐 뿐 책으로 탑 쌓기 놀이도 하고, 중얼거리는 소리를 자세히 들어보면 책에서 읽었던 내용을 소재로 1인극도 하고 있다. 엄마들이 좋아라 하는 독후 활동, 책 좋아하는 아이들은 일상에서 다 풀어낸다. 그저 엄마만 눈치 못 챌 뿐이다. 그러니 무엇을 좀 더 해줄까 고민하지 말고 책만 열심히 읽어주자.

영국의 전래동요 중에 이런 노래가 있다.

"그래그래 너희 집엔 대리석 계단과 아름다운 정원
그래그래 너희 집엔 비단 옷과 번쩍이는 보석
그래그래 너희 집엔 맛있는 음식과 하녀들
하지만 하지만 우리 집에는 책 읽어주는 엄마가 있단다."

오랜 시간과 정성을 들여 사랑한 경험은 인생을 풍요롭게 한다.

엄마와 함께 보낸 책과 이야기를 나누던 아름다운 시간. 아이 안에 고스란히 남아있다.

삶의 풍요는 감동의 폭이라는 말이 있지 않던가.

아이와 함께 감동의 시간들을 켜켜이 쌓아올리자.

숨 쉬는 한, 희망이 있다. 더 많은 책을 읽을 수 있다는 희망이

언뜻 보기에 '엄마'라는 자리는 제법 시간이 많을 것 같지만 전혀 그렇지 않다. '엄마'라는 이름으로 행해야 하는 것이 좀 많나. 삼시세끼 밥 해내야지, 간식 대령해야 하지, 놀이터 데려가 드려야 하지, 그 와중에 아이 기분 살펴 책 읽어줘야지, 한시도 몸과 마음이 쉴 틈이 없다. 아이야 본인의 온전한 누울 자리인 엄마에게 즐거움부터 짜증까지 모조리 다 쏟아낸다지만, 엄마인 우리는 대체 누구에게 하루의 희로애락을 다 쏟아낸단 말인가.

괜찮다. 우리에겐 술과 커피와 책이 있지 않은가.

"아니, 하루 24시간이 쉴 틈 없이 돌아가는데 책 읽을 새가 대체 어딨어요!"

그렇기에 읽어야 한다. 엄마로서만 하루를 보내다보면, 그 일상에 매몰되기가 너무나 쉽기 때문이다.

"책을 지속적으로 읽기 위해선 고정적인 시간과 공간이 있어야 하는데, 주부들에게 그게 가능키나 한가요?!"

독서에 걸맞은 시간과 장소를 고집하지 말자. 본인의 생활 패턴을 파악해서 어떻게 해서라도 틈새를 만들어야 한다. 그 틈새의 시간에 하나라도 읽고, 하나라도 쓰고, 하나라도 실천해야 처절한 육아에서 살아남을 수 있다.

어떻게든 틈새를 만들어 일단 한 자라도 읽어보고, 그때 가서 좌절하자. 어중간한 90%보다 확실한 100%가 훨씬 쉽다. 틈새 시간을 찾았다면, 그 시간을 알뜰하게 사용하는 습관을 길러보자. 빨래 갤 때, 아이가 웬일인지 혼자서도 잘 놀 때, 목욕탕에서 신나게 난장질을 해댈 때. 책과 연결지을 수 있다고 전혀 생각하지 못한 어이없는 순간들을 접신시켜 보자.

아이들을 한번 살펴보라.

종일 뛰어놀다가 에너지 방전되면 고꾸라져 자고, 완전히 충전된 몸으로 일어나 또 저지레하고, 그러다 심심하면 바닥에 널브러져 있는 책에 눈길 한번 주지 않나.

아이가 책을 좋아하도록 집안 곳곳에 교묘히 책을 깔아놓은 것처럼, 엄마의 생활 동선에도 책을 심어놓는 것이 중요하다. 언제든 손만 뻗으면 책이 잡히게 부엌에도 두고, 화장실에도 두고, 침실에도 두고. 그렇게 책을 가까이하다 보면 희한하게도 책 좋아하는 사람들이 서로 냄새를 맡고 주위로 모인다. 살아온 인생은 저마다 다를지라도 '책'을 사랑하는 마음 하나만은 똑같은 사람들이 한데 모여 배움을 이야기하고 삶을 노래한다.

신사임당 엄마에서 헐크 엄마로 돌변하는데, 단 1초밖에 걸리지 않는다고? 그렇기에 책을 읽어야 한다.

끝나지 않는 집안일에, 아이 뒤치다꺼리에 지칠 대로 지친 늦은 밤. 설상가상으로 아이가 바닥에 우유를 엎질러버린 그 싸늘하고 아슬아슬한 순간.

엎질러진 우유 때문이라고 이름을 붙였지만, 실상은 아이에게 그날의 피곤을 죄다 쏟아부어 버리고 싶은 그 암담한 심정, 엄마라면 누구나 다 안다. 아이에게 고성이 나가려는 그 찰나의 순간, 필사해 붙여놓은 육아서 한 구절이 당신과 당신의 아이를 살린다.

"많이 허용해 주세요, 한계를 두지 마세요. 아이는 지금 경계를 시험하고 있는 겁니다."

사람에겐 저마다 에너지 총량이 있다. 에너지를 비축해서 내 일상을 '독서가 모드'로 변신시켜 보자. 아이의 책 육아가 준비 체조라면 엄마의 독서는 본 체조다. 아이 책 육아와 엄마 책 성장이 씨줄 날줄처럼 서로 엮여 들어야 행복한 동반 성장을 할 수 있다. 사랑하는 아이와 책을 매개로 핑.퐁.핑.퐁. 즐거운 대화를 이어가는 것, 상상만 해도 입가에 미소가 가득 머금어진다.

어느 날 아이가 물었다.

"엄마, 내가 태어나던 날은 어떤 날이었어?"

"응. 그날 아침은 평상시와는 확실히 달랐어. 아침부터 하늘도 무지무지 파랗고 새 소리까지 엄청나게 예뻤거든. 마치 새들이 엄마한테 '축복해, 축복해'라고 노래하는 것처럼 들렸어. 엄마는 그때 알았지. 우와! 오늘이 우리 왕자님이 태어나는 날이구나. 그렇게 널 낳았는데, 엄청난 일은 그 이후에 일어난 거야! 갑자기 소나기가 엄청나게 퍼붓다 그치더니 엄청 큰 왕 무지개가 떴지 뭐야. 그것도 쌍무지개! 대박! 엄마도, 아빠도, 병원 사람들도 다들 깜짝 놀랐지. 히야! 이 아이 보통 아이가 아니로구나, 슈퍼울트라 파워를 갖고 태어난 게 틀림없어. 네가 좋아하는 아이언맨 있잖아. 사실은 너도 슈퍼히어로로 태어났어, 몰랐지? 자, 우리 아들, 힘을 내요 슈퍼파월!"

헌데, 정말 이런 엄청난 기현상을 겪고 아이를 출산했냐고? 아이 둘을 낳으면서도 그 흔한 태몽 한번 꾸지 않았다. 그런데 이게 무슨 말이냐고? 우연히 만화책에서 읽고 너무 감동받아 달달 외웠다.

아이에게 엄마는 존재 자체로 하나의 우주이다. 시덥잖은 이야기라도 사랑하는 엄마를 통해 듣는 이야기는 결국 우리들의 이야기가 된다.

어느 날《우주은행》이라는 책을 읽었더랬다. '뭐어? 선행을 예금하고 행운을 인출한다고?'

어른들의 세계엔 큰 결과물을 만들어내야 '공헌'이라는 이름이 붙지만, 아이와 함께하면 정말 사소한 행위로도 '공헌'이 가능하다.

"좋아! 오늘부터 우리가 발을 대는 놀이터의 쓰레기는 우리가 책임지겠어!"

위대한 취지를 아이와 공유하며 그저 즐거이 시작해보자.

"앗! 저 쓰레기, 엄마가 먼저 주울 거야!"

이 한마디만 외치고 전속력으로 달리기 시작하면 게임 끝이다. 이렇게 아이와 쓰레기 줍기 배틀을 하고 있노라면 옆에 있는 아줌마들이 꼭 물어본다.

"어머, 쓰레기는 왜 줍고 계세요?"

"네, 세상에 공헌하기 위해 우리 동네 놀이터 쓰레기는 이제부터 저희가 다 접수하려 합니다."

재수 없다고 다음부터 우리를 슬슬 피한다.

"아, 네. 저희 아이가 과자 봉지만 보면 사달라고 찡찡거려서요. 그런 소리 나오기 전에 미리 쓰레기 치워 놓으려구요."

다음번에 다시 만난 동네 엄마는 자기 아이 간식 먹을 때 우리 아이에게 뭐라도 하나 건넨다.

"아 참. 그 쪽 아이가 식탐이 많다 했죠? 얘, 너도 하나 먹을래?"

놀이터에서 우리 아이 왕따 시키지 않고 세상에 업까지 쌓는 법, 아이와 함께라면 참 쉽다. 우리의 위대한 취지를 결코 적에게 알리지 말라.

아이에게 책 읽어라 하는 게 먼저가 아니다.

"어, 우리 엄마가 저렇게나 재미나게 읽고 있는 책이 뭐지?"

호기심 있게 다가오게 만드는 것. 그게 먼저다.

엄마가 먼저 자리 잡고 있을 것! 그게 먼저다.

한지선 | 책과 함께 열리는 하루, 책과 함께 닫히는 하루. 내 삶의 모든 공간 사이
사이에 끼어든 책과 글 덕에, 지극히 행복해져 버린 나는 지금, 화창한 중년이다.

제 4 장

한 걸음 나아가는, "성장"

임채선 · 박혜진 · 김도유 · 김규동 · 박혜정

마음 따뜻한 날

임 채 선

그리운 아버지, 아버지의 유산

며칠 전 친정아버지 기일에 다녀왔다.

세월이 유수같이 흘러 아버지 돌아가신 지 벌써 마흔 번째 기일을 보내고 있으니, 세월이 참으로 빠른 것 같다. 고등학교 3학년 초입이었던가?

"채선아! 아무래도 네 아버지 행동이 이상하다. 너는 오늘 학교 가지 말거라" 하는 엄마의 말씀에 학교를 가지 못하고 아버지 머리맡에 앉아서 아버지를 물끄러미 바라보았다.

아버지가 돌아가신다고 생각하니 아버지께서 내게 주셨던 사랑이 떠올라서 자꾸만 눈물이 나왔다. 그리고 그날 오전에 엄마의 말씀대로 아버지는 정말로 하늘나라로 가셨다.

당신의 하나 밖에 없는 딸이…… 당신이 제일로 좋아했던 딸이…….

혼자서 아버지의 임종을 지키고 있는데도, 아버지는 특별한 말씀도 없이 크게 깊은 숨을 한번 내 쉬더니 그만 눈을 감으신 것이다.

아…… 이게 아닌데…….

나는 드라마에서처럼 아버지가 무언가를 유언하시고 멋지고 근사하게 돌아가셔야 된다고 생각했던 것 같다. 아버지는 정년퇴직 후 갑작스러운 지병으로 여러 해를 몸져누워 계시는 동안 점점 기억은 잃어가고, 점점 아기처럼 변하셨다. 그렇지만 돌아가실 때는 아프기 전의 근사했던 아버지로 돌아와서 당신이 그리 애지중지했던 딸에게 어떤 말이라도 좋으니 한 마디라도 해주시고 떠나셨으면…… 아니 아니 '채선아!' 하고 내 이름이라도 한번 불러주셨으면 얼마나 좋았을까? 아버지 돌아가시고 내내 마음이 아팠는데 지금 생각해보면 아버지의 건강하셨던 옛 모습이 그리웠던 모양이다.

내 아버지는 경찰공무원이셨다.

그 시절만 해도 경찰 공무원은 박봉이라 엄마는 자식들에게는 표를 내지는 않으셨지만 허리띠를 어지간히 졸라매며 근검절약을 하셨다. 덕분에 자라면서 텃밭에 채소도 심고 닭도 키우고, 강아지도 키우면서 엄마는 우리 가족의 먹거리를 자급자족 했던 것 같다.

문득 우리 가족이 아버지의 근무지를 따라 시골에서 한동안 살았던 기억이 난다. 시골 분들은 인정이 많아서 수확철이면 콩이며 고추며 농사지은 것을 자주 우리 집에 가지고 오셨다. 그러나 아버지는 그것들을 절대로 받지 못하게 하셨다.

한마디로 아버지는 청렴결백한 공무원이셨다. 어머니는 들어온 선물을 다시 머리에 이고 갖다 드리는 일을 반복하면서 '아이고 저 사람은 어찌 저리도 융통성이 없을까?' 하시면서도 어린 내가 보기에도 엄마는 강직한 아버지를 존경하는 눈빛이었다.

아버지는 아들 셋에 하나 밖에 없는 딸인 나를 제일로 예뻐하셨다. 나중에 엄마에게 들은 이야기지만 아버지의 유별난 딸 사랑에는 다 이유가 있었다. 내 위로 언니가 둘 있었는데, 둘 다 돌을 넘기지 못하고 하늘나라로 보내고 나니 혹여 나도 그리될까 노심초사 하면서 키웠으니 오죽 했을까?

아버지가 공직에 계셔서인지 전학을 참 많이 다녔다.

저녁노을이 붉게 물든 어느 해 가을이던가?

아버지께서 초등학교 운동회에 내빈으로 오셔서 운동회 폐회 식순에 따라 학교 운동장 구령대 위에서 만세 삼창을 하셨다.

"만세! 만세! 만세!"

지금도 경찰 정복을 입고 만세삼창을 하던 아버지의 멋진 모습이 눈에 선하게 그려져 입가에 미소가 절로 퍼진다.

고 3때 아버지가 돌아가시지 않았다면 대학 졸업 후 고향을 떠나지 않았을지도 모른다.

어쩌면 지금의 삶이 아닌 또 다른 삶은 살고 있을지도 모르겠다.

우리 아버지는 형벌 중에 명필로 필체가 참 좋으셨다.

내가 중학교 시절 모나미 볼펜이 새로 나와서 친구들은 볼펜으로 편하게 글을 썼지만 아버지는 글씨를 잘 쓰려면 펜으로 잉크를 찍어가며 글씨를 써야 한다면서 꼭 펜으로 글씨를 쓰게 하셨다. 그때는 잉크는 또 왜 그리도 잘 쏟아지던지…….

아, 아버지를 추억하고 있으니 아버지가 참 많이 그립다. 보고 픈 우리 아버지.

아버지는 옛날 분이셨지만 가족 사랑이 남달라서 시간이 날 때 미니 소풍을 자주 데리고 다니면서 사진을 많이 찍어주셨다. 필름을 넣어야 현상할 수 있는 그 시절 최고의 올림푸스 카메라! 지금도 나는 그 카메라를 가보처럼 가지고 있다. 어느 날 문득 내 유년의 추억이 새록새록 그리워지는 날이면 아버지와 소풍 다니면서 찍은 흑백 사진을 보면서 추억에 잠기곤 한다.

아버지도 책보기를 즐겨하셨지만, 늘 우리들에게 책을 볼 수 있는 환경을 만들어주셨다. 아버지가 출장을 가시는 날은 언제나 다양한 책을 구입해 오셔서 오빠와 나에게 읽어보고 독후감을 쓰라고 하셨다. 책보기를 좋아하던 나는 아버지가 출장을 가시는 날은 아버지 손에 들려 있는 재미있는 동화책을 기대하며 대문 앞에 앉아서 아버지를 애타게 기다리곤 했다.

어느 날 아버지가 사 오신 동화책《등대를 지키는 아이들》을 읽으면서 얼마나 행복하던지 지금은 동화책의 내용은 까마득하게 기억에서 가물가물하지만 책 제목은 뚜렷하게 기억에 남아있다. 어쩌면 지금 나의 책 보는 습관은 아버지께서 키워주신 좋은 습관의 유산이다.

이제는 아버지의 딸이 그때의 아버지 나이만큼 나이가 들면서, 세월을 이겨내고 있다.

우리 아버지는 비록 짧은 생을 사셨다가 가셨지만, 공적인 일에는 반듯한 성품으로 자신의 일에 성실하게 책임을 다하며, 그 어떤 일에도 원칙을 지키며, 불의와 절대로 타협하지 않는 신념이 확실한 분이셨지만, 가족들에게는 마음이 따뜻하고 자상한 아버지셨다.

나는 이런 아버지를 많이 존경한다. 그리고 아버지처럼 잘 늙어가고 싶다. 앞으로 아버지와 나의 좋은 추억들은 나의 기억 속에 오래오래 남아서, 나에게 살아 있는 교훈이 될 것이다. 나는 지금 아버지께서 주신 선물 같은 유산, '책보는 습관'을 통해서 책과 더불어 좋은 분들을 많이 만나고 있다. 그리고 앞으로 얼마나 더 좋은 일들이 생길지 기대가 된다.

I have a dream

초등학교 때 나의 꿈은 학교 선생님이 되는 것이었다.

물론 이 꿈은 공직에 계셨던 우리 아버지께서 만들어 주신 꿈이다.

중학생이 되면서 나의 꿈은 가수가 되고 싶었다.

신곡이 나오면 나도 모르게 가사와 리듬이 절로 익혀졌다.

쉬는 시간이면, 친구들이 내게 노래를 배우러 오기도 하고, 수업 시간에 아이들이 졸면 선생님께서 "임채선! 나와서 노래 한 곡 불러봐라" 하기도 했으니 그때는 내가 노래를 제법 잘하는 줄 알았다.

고등학생이 되어서 나의 꿈은 여학생들이 보는 잡지책《여학생》《소설주니어》편집부 기자가 되고 싶었고, 중학교 때부터 읽었던 손 책《샘터》의 편집부 기자가 되고 싶었다.

시간이 지나면서 삶은 순탄치가 않았고 생각지도 않게 나는 유치원 교사가 되었다. 생각지도 않은 선택이었지만 지금까지 37년째 아이들과 함께 하는 이 일을 하고 있는 것을 보면 천직이 아닌가 싶다. 어른이 되고 마흔일곱쯤이었나 싶다. 아이들과 함께하는 이 일을 천직으로 여기고 있지만 또 다른 나의 꿈이 있다는 것을 알게 되었다.

우연하게 읽게 된 책《꿈꾸는 다락방》을 읽으면서 'R = VD 생생하게 꿈꾸면 이루어진다!' 것을 알게 되었다.

생생하게/vivid · 꿈꾸면/dream · 이루어진다/realization

그리고 나는 나의 꿈을 다시 설계하게 되었다.

첫 번째 나의 꿈은 나이 들어가면서 누군가에게 동기부여와 긍정 에너지를 줄 수 있는 스토리텔링 강사가 되는 것이었다. 내가 가지고 있는 달란트로 사람들의 가슴에 꿈과 희망을 전하는 재능기부를 할 수 있다면 이 또한 사회적인 공헌이 아닐까 싶었기 때문이다.

그리고 두 번째 나의 꿈은 정년 퇴임식 날 책을 한 권 출판하는 것이었다.

"브라보 마이 라이프" 나의 책 제목이다. 막연하게 어떻게 글을 쓰고 어떻게 책을 만들까 고민이었지만 간절히 원하면 이루어진다! 고 생각하니 아이디어가 뭉실뭉실 떠오른다.

세 번째 나의 꿈은 나의 옆지기 남편의 꿈을 이루어주는 것이다.

남편은 경치 좋은 곳에서 갤러리 카페를 여는 것이 꿈이었다.

경치 좋은 곳! 그곳은 경남 함안이다.

스물여섯 나이에 함안에서 창원으로 근무지를 옮기면서 '나이 들면 꼭 함안에 와서 집을 짓고 살아야지' 하는 꿈을 꾸었다.

네 번째 꿈은 2020년 가을 성산아트홀에서 아들에게 귀국독창회를 열어주는 것이다.

꿈에는 나이가 없다고 했던가?

좋은 꿈은 반드시 이루어진다고 하더니, 내 나이 마흔일곱에 설계했던 첫 번째 꿈과 세 번째 꿈은 이미 이루어지고 있다.

첫 번째 꿈은 소소하지만 어린이집 원장인 후배들에게, 아이들의 부모님들에게, 안전교육을 받는 어르신들에게 이미 동기부여를 주는 강의를 하고 있다.

그리고 세 번째 꿈은 이미 이루어졌다.

우리 부부는 함안으로 이사를 했으며, 경치 좋고 공기 좋은 함안 여항에 우리 가족의 드림하우스와 남편에게 큰 비전이 될 '갤러리인' 카페를 짓고 있다.

자…… 그럼 이제 두 번째 꿈과 네 번째 꿈이 남았지만, 반드시 그 꿈도 이루게 되리라 확신이 있다. 이미 나는 책 쓰기의 달인 사부님을 만났고, 독서 모임 창원 나비를 통해서 든든한 지원군들도 생겼기 때문이다. 그리고 네 번째 꿈을 이루기 위해서 아들은 이탈리아 밀라노에서 열심히 성악 공부를 하고 있으니 네 번째 꿈도 반드시 이루어질 것이다.

한 사람의 꿈이 여러 사람 꿈의 징검다리가 된다.

마치 나의 꿈이 우리 가족의 꿈에 징검다리 되었듯이…….

꿈의 길을 가면 젊어지고 행복해지는 것 같다. 그래서 요즘 나는 참 행복하다.

오늘은 봄 햇살이 하도 고와서 하루 내내 집안일을 했다.

겨울동안 눅눅해진 이불 빨래도 하고, 베게 속통도 빨아서 널고, 겨울동안 깔았던 카페트도 쨍한 햇살에 일광 소독을 했다. 마치 나의 몸에 햇살 옷을 입히듯 고실고실 보송보송 잘도 마른다. 집안 일로 막 뛰어 다녔더니 땀이 비 오듯 흐른다.

나는 엄마이고, 아내이고, 아줌마이고, 우리 아이들의 원장이면서, 그리고 무엇보다 소중한 삶을 선택해서 살고 싶은 여자인 내가 참 좋다. 때로는 일인 다역을 해내고 있는 내가 참 좋다.

'꿈을 꾸는 사람은 늙지 않는다!'

인생은 흘러가는 것이 아니라 채우고 또 비우는 과정의 연속이라는 생각이 든다. 무엇을 채우느냐에 따라 결과는 달라지며 무엇을 비우느냐에 따라 가치가 달라지겠지만 나는 매일 매일 새로운 꿈을 꾸면서 내 삶을 꾸려가는 긍정 에너지가 되고 싶다.

인생이란 그렇게 채우고 또 비우며 자신에게 가장 소중한 것을 찾아가는 길인 것 같다.

나의 꿈을 응원하며⋯⋯.

I have a dream! 화이팅!

임채선 I 책은 나만의 휴식 공간 케렌시아다. 책을 통해서 책 읽기를 좋아하는 사람들의 모임 독서 포럼 '창원 나비'를 만났다. 독서 모임을 다녀오면 에너지가 생겨서 참 좋다. 좋은 사람들과 책을 읽으면서 소소한 일상의 삶을 나눌 수 있는 밝고, 건강한 사람이 되리라.

타인의 삶에서
배우다

박 혜 진

책으로 배우다

할 일을 남겨둔 채 사무실에서 급히 나와 집으로 가서 캐주얼한 차림으로 갈아입고 약속장소로 나섰다. 모처럼 고등학교 동창들을 만나는 자리, 학창시절로 돌아간 듯 마음이 들떠 있는 데다 편안한 차림에 운동화까지 신으니 미풍에 살랑거리는 꽃잎 같은 느낌이다.

주기적인 모임을 갖지는 않지만 마음 맞는 몇몇 친구들과 가끔 만나는데, 오늘은 마침 생일인 친구가 있다. 맛난 저녁을 먹으며 수다를 떨 생각에 벌써부터 입이 간질간질하다. 약속장소로 가는 도중에 주차장은 어디냐, 근처로 왔는데 잘 못 찾겠다 등의 이유로 문자를 계속 주고받고 통화를 한다. 어릴 때 봤던 어머니의 모습처럼 우리도 이제 특정 장소를 찾으려면 주위에 여러 번 묻고 헤매는 과정을 거치는 나이가 된 듯하다.

우여곡절 끝에 모두 모여 반가운 인사를 나누고 학창시절 이야기, 가족 이야기, 요즘 살아가는 이야기를 나누며 즐거운 시간을 보냈다. 뒤늦게 다시 공부를 시작하게 된 나는 새로 배우는 학문과 새로 만난 선후배, 함께 공부하는 동기들, 예전에는 느끼지 못한 학습의 기쁨에 대해서 이야기를 하게 되었다. 만학을 부러워하기도 하고 대견해 하는 친구들은 자신도 도전해 보고 싶다며 방법을 묻기도 하고 함께 행복해 했다.

"야, 이제 와서 공부해서 뭐 하게? 어디다 쓰려고? 머리가 돌아가지도 않고 눈도 곧 침침해질 텐데. 공부하나 안 하나 늙으면 다 똑같아. 더 늙기 전에 놀러나 많이 다녀야지. 쓸데없는 일에 에너지를 쏟고 다니네."

친구 한 명의 말을 듣는 순간 들고 있던 젓가락이 철근과 같이 느껴졌다. 좋은 분위기를 망칠 수 없어서 웃으며 답했다.

"공부해서 남 주려고. 헤헤. 그리고 아직 에너지 충분히 넘치니까 더 늙기 전에 같이 여행이라도 가자."

친구들과 여행 계획도 짜고 수다를 떨다가 헤어졌다. 집으로 돌아오는 길에 생각해 보았다. 친구 말처럼 나는 무엇을 위해서 공부를 다시 시작한 걸까? 논문을 쓰면서 많이 힘들기도 했고 눈이 나빠지기도 했다. 예전에 학교를 다닐 때는 교과서를 맹목적으로 외우고 시험쳐야 하는 스트레스로 배움의 기쁨을 제대로 느끼지 못했는데, 요즘은 배우면서 깨닫고 반성하고 생각하는 시간이 얼마나 행복한지 모른다.

돌이켜 반성해보면 아이들을 키울 때에도 나는 학교 성적에만 연연해하며 교과서와 학습지를 외우고 풀이시키면서 억지 학습을 강요했던 것 같다. 다양한 독서와 사색의 시간을 가질 수 있도록 여유를 주고 스스로 깨우치는 기쁨은커녕 학교와 학원을 오가며 교과서만 달달 외우게 해서 공부를 질리게 만들었다.

"공부해서 남 주냐? 다 너 잘되라고 공부하라는 건데"라며 수시로 윽박지른 내 모습을 떠올리면서 얼굴이 붉어졌다.

사실 나도 배워서 남을 준다고 생각한 지는 얼마 되지 않았다. 주위에 교육과 관련 있는 사람들이 많다 보니 재능 기부를 하거나 남을 위해 선한 영향력을 주고자 하는 경우를 많이 보아 왔다. 처음에는 이해도 되지 않고 가식적으로 보였다. 그렇지만 그들과 함께 책을 읽고 생각을 나누다보니 진심이 느껴지고, 함께 공부하며 정보도 공유하게 되었다.

나에게 조언을 구하는 사람들이 찾아오면 내가 알고 있는 부분들과 생각한 점들을 진솔하게 이야기하며 서로 많은 것들을 나누고 공감했다. 찾아온 사람들은 도움을 많이 받았다며 고마워하지만 나 또한 이야기를 나누는 과정에서 성장하고 있다는 생각이 들었다.

교육학 중에서도 평생교육을 전공하고 있는 나로서는 몸소 깨치고 느끼는 바가 크다. 100세 시대를 넘어 120세 시대가 다가오고 있으며 급변하는 사회 속에서 생기는 여러 가지 문제들을 슬기롭게 해결하고, 변화에 대처하기 위해서는 나이가 들어도 계속 배워야 한다고 생각한다. 물론 배우는 내용이 지식에만 국한되는 건 아닐 것이다. 살아가면서 배우고 알아야 할 일들이 너무나 많고 지식보다 지혜가 필요할 때가 많지만 이를 깨치기에는 우리가 치러야 할 대가代價가 큰 경우가 많다.

살면서 많은 시행착오와 시련들을 겪고서야 하나씩 배우고 실수와 실패를 줄여간다. 그렇지만 이런 시행착오들은 너무 많은 시간과 정신적, 물질적 대가를 치러야 한다. 이러한 시간과 노력을 절약할 수 있는 방법이 있다면 책을 통해 간접경험을 하는 것이다. 독서를 통해 간접경험을 하고 지혜를 배운다는 말들을 어릴 때부터 학교에서는 선생님들로부터, 또 수많은 구루들로부터 들었던 내용이지만 직접 와 닿지 않았다. 그렇지만 살면서 부딪치는 수많은 시련들을 겪은 후 뒤늦게 책을 읽어보니 소설에서 혹은 고전에서 그 해결 방법들이 있지 않은가? 정말 놀라웠다. 난 왜 이제야 그런 진리를 깨달은 것일까?

학창 시절, 교과서 밑에 만화책이나 '하이틴 로맨스'라는 소설책을 숨겨서 읽는 친구들이 많았지만 나는 그런 책조차도 읽지 않았다. 학교에서 과제로 내준 세계문학·한국문학 책을 읽고 독후감을 쓰는 시간과 주기적으로 다가오는 백일장이나 글짓기 행사가 있는 날에는 학교를 가기가 싫을 정도였다.

그런 내가 책을 읽으면서 기쁨을 느끼고 책 읽는 시간이 소중하게 느껴질 줄이야. 책을 읽으면서 '나라면 어떻게 할까? 같은 사건을 두고 다른 사람들은 이렇게 보는구나' 등 많은 것들을 생각할 수 있는 힘도 길러진 듯하다.

다양한 책을 통해 사회가 어떻게 변해가고 있는지, 앞으로 어떤 미래가 다가올지에 대한 통찰도 얻을 수 있어 흥미롭기도 하다. 책을 읽다보면 살아오면서 경험한 일들과 느낌을 공감하면서 배우는 기쁨도 누릴 수 있었다. 체득한 나의 지혜들을 다른 사람들과 나눈다면 얼마나 큰 기쁨으로 다시 돌아올지 상상만 해도 가슴 한켠이 뿌듯해온다.

어릴 때는 나이가 들면 몸도 마음도 약해지고 할 수 있는 일이 거의 없어 무기력해질 거라 생각했는데, 책을 읽다 보니 나이가 들수록 예전에는 알지 못했던 또 다른 인생을 배우고 성장해 가는 나의 모습이 보이는 거 같아 기분이 좋아진다. 항상 좋은 일만 있을 수 없다는 이치도 깨닫고, 살면서 경험하는 희로애락들로부터 배우는 점이 있기에 크게 두렵지도 않다. 어느 저자의 책 제목처럼 늙어가는 게 아니라 익어간다는 말에 크게 공감이 되고 그 과정 속에서 점점 성숙해지는 듯한 내가 참 좋고 대견하다. 지금의 내가 좋다.

화가 파블로 피카소는 70대에 새로운 유파를 개척했고 90대에도 그림을 그렸다고 하며, 첼리스트 파블로 카잘스는 97세 때에도 신곡 연주 계획을 세우고 하루 6시간씩 연습을 하면서 연주자로서의 삶을 살았다고 한다. 피터 드러커는 95세에 《The Daily Drucker》라는 책을 냈으며, 사람들이 피터 드러커에게 자신의 저작 중 가장 훌륭한 책이 무엇인지를 물어보면 "다음에 나올 책"이라고 말하곤 했단다. 그들의 삶을 생각해 보며 다가올 나의 노년기를 상상해 본다.

책을 통해 배우고 배운 것을 함께 나눈다는 것에 대해 이런저런 생각들이 꼬리에 꼬리를 물어 추억에 빠져 있을 때 아까 헤어진 친구들 중 한 명이 전화를 했다. 내가 공부하는 것을 보고 작년에 공부를 시작한 친구였다.

"늦은 시간에 웬일이야?"

"사실, 전부터 얘기하고 싶었는데 쑥스러워서……."

"무슨 얘기?"

"음…… 고맙다고. 네 덕에 다시 공부해서 새 세상을 맛보는 것 같고, 더 늦기 전에 이제라도 공부하게 되어 너무 기쁘고 고맙다고. 헤헤."

고맙다고 전화한 그 친구보다 내가 오히려 더 고마운 건 어떤 마음일까? 친구 덕에 혼자서 거울을 보며 동화 속에 나오는 멋지고 당당한 공주처럼 어깨도 펴고 입꼬리를 살짝 올리면서 뽐내본다.

사색, 멘토를 만나는 시간

5! 4! 3! 2! 1! 드르륵 출입문이 열리고 오늘도 어김없이 숨을 헐떡이며 들어오는 사람이 있다. 이는 매주 월요일 아침 모임에서 보는 광경인데, 매번 일찍 와서 준비하는 사람, 시간에 딱 맞춰 오는 사람, 항상 모임 시간보다 늦게 오는 사람 등으로 구분이 된다. 약속 시간을 잘 지키지 않는 것도 문제지만 들어오면서 남은 사람들에게 인사하는 방법 또한 눈살을 찌푸리게 한다. 미안하다는 인사말도 없이 제자리에 앉아서 늦게 온 사연을 투덜거리며 얘기한다. 어쩌다 한번이면 사정이 있겠거니 하겠지만 매번 그런 식이니 불쾌하기까지 하다.

그렇게 모임을 마치고 나오다가 주기적으로 취업 스터디를 하는 젊은 친구들과 마주치게 되었다. 자주 만나는 고객들이라서 마주치면 인사를 하게 되는데 그 중 밝은 모습으로 먼저 인사를 하는 고객도 있고, 인사를 먼저 해도 받아주지 않고 휙 지나가 버리는 고객도 있다. 처음에는 '못 봤나 보다'라고 생각했는데 매번 인사에 대꾸도 없이 무표정한 모습으로 지나가는 것이다.

'어떻게 저럴 수가 있지? 나이가 더 많은 사람이 먼저 인사를 하는데 매번 그냥 지나치다니. 그것도 취업 준비를 하면서……'

한편으로는 '취업 준비를 하다 보면 예민해지고 속상한 일들이 많아서 그렇겠지'라고 생각하면서 나의 경우는 어떤가 생각해 보왔다. 사실 나도 매번 시간에 맞춰 도착하거나 늦게 도착하는 경우가 많았다. 그리고 상대방이 아는 체하지 않으면 먼저 다가가서 인사하는 일이 잘 없고 표정도 밝지 않았다.

그런 반성을 하다가 볼 때마다 밝은 표정으로 먼저 다가와서 인사하는 예쁜 고객이 떠올랐다. 외모가 예쁘다기보다 행동하는 모습이 너무 예뻐서 연예인보다 더 예뻐 보이는 사람이었다. 지켜보니 약속시간보다 항상 먼저 도착하고 책을 읽으면서 다른 사람들을 기다리고 있었다. 일찍 오다보니 걸음걸이도 여유 있고 우아하게 걷는데 여자인 내가 봐도 반할 정도다. 그녀와 친하게 지내면서 서로 이야기를 나누다 보니 본인도 매번 약속장소에 늦게 도착하고 불규칙한 생활을 했고 그런 태도 때문에 스스로 많이 힘들어 했다고 말하는 것이다. 그런데 이렇게 변한 모습에 놀라며 궁금해 했더니 자신이 이렇게 변화한 지는 얼마 되지 않았으며 그 계기가 책을 통해서였다고 한다.

나는 업業의 특성상 매일 다양한 고객들을 만난다. 그 중에는 24시간을 48시간으로 사는 듯 알차게 시간을 보내는 고객도 있다. 늦은 시간까지 독서 모임을 하고 갔는데 다음날 이른 아침에 단체 문자방에 아침 인사가 와 있어서 놀랐다. 전날 어떤 상황이더라도 아침 5시면 매일 단체 문자방에 아침인사를 한다. 일어나서 운동과 독서 등 자기만의 시간을 보내고 출근해서 맡은 일을 하고 퇴근해서는 자기 계발에 시간을 보내고 납득이 두전하기 힘든 일들을 시도하는 모습을 보며 많이 반성하게 된다.

전화 예약을 하면서 영업시간 전에 본인이 이용해야 하니 개점을 해달라고 요구하다가 운영방침을 말씀드리면 막무가내로 화를 내시는 고객도 있다. 스터디를 하고 있는 고객들이 있다고 안내해 드려도 복도에서 큰소리로 잡담과 통화를 하는 고객, 예약 당일 취소 전화도 없이 나타나지 않는 고객들도 있다. 타산지석他山之石으로 여기며 그분들을 보면서 나 자신을 돌아볼 때가 많다. 사업설명회를 듣고 함께 사업을 하자고 권유하는 고객들도 많은데 그럴 때는 정말 난감하다. 남의 부탁을 잘 거절하지 못하는 성격에 자주 오는 고객이라 선뜻 반대의 뜻을 표하기가 힘들 때가 많다. 이런 상황에서 우연히 거절에 대처하는 방법이 적힌 책을 읽게 되었다. 다행히 그 책을 통해 슬기롭게 대처하는 법들을 배워 도움이 많이 되었다.

공자는 "삼인행三人行이면 필유아사必有我師"라 했다. 세 사람이 길을 가다보면 반드시 나의 스승이 있다는 의미이며 남의 선행이나 잘못을 거울삼아야 한다는 것이다. 세상을 살면서 타인을 거울삼아 자신을 되새기는 것이라 하겠다. 우리는 타인을 보면서 자신을 돌아보게 된다. 타인은 나를 비추는 거울이라는 말이 있듯이, 타인을 이해하면서 나를 알게 되고 세상을 바라보는 시각이 넓어지게 된다.

책을 통하지 않고 직접 사람들을 만나면서 경험하기도 하지만 책에서 접한 다양한 인물들의 갈등 상황을 보면 나와 타인과의 관계에서 해결해야 할 문제들을 보다 슬기롭게 대처하는 데 도움이 된다. 책을 통해 타인의 다양한 삶을 만나고 그 삶을 이해하기 위해서는 상대적인 관점이 필요하다는 것을 배울 수 있다.

예전에는 내가 생각하는 기준과 다르면 틀렸다고 생각했다. 하지만 다양한 책들을 접하고 나서 '틀림'이 아닌 '다름'으로 인정하고 타인을 이해할 수 있게 되었다. 타인을 이해하게 된다면 화를 낼 일도 없다고 하지만 나는 아직 그 경지에는 이르지 못한 듯하다.

나는 사업을 하는 사람이라 그런지 책에서 많은 트렌드를 읽어 나간다. 취업대란과 관련해 창업열풍이 부는데 창업도 트렌드를 알아야 경쟁에서 이기고 살아남을 수 있다. 저마다 알고 싶은 내용들은 책을 통해 접할 수 있으며 살면서 궁금한 질문에 대한 답도 책을 통한다면 가능하다고 생각한다. 서점에 나가서 관련 키워드를 검색하고 책 제목과 목차만 읽어도 자신에게 도움이 될 만한 책을 발견할 수 있다고 한다.

살면서 해결하기 힘든 문제가 생기면 멘토의 필요성을 느끼기도 하고 궁금한 내용들을 전문가에게 묻고 싶기도 하다. 각 분야별로 멘토를 만들고 싶지만 현실적으로 불가능하니 책에서 멘토를 찾아보면 어떨까? 투자는 워런 버핏, 인간관계는 데일 카네기, 로봇공학은 데니스 홍, 경영은 피터 드러커, 생각하는 힘은 동 · 서양의 고전을 통해서 말이다. 궁금하고 해결하고 싶은 문제들이 생길 때마다 책 속의 멘토들과 만나 소통한다면 살아가면서 든든한 실삽이가 생겨 큰 힘이 될 것이다.

　워런 버핏은 일반 사람의 평균 독서량보다 5배 많이 책을 읽는 독서광으로 돈 버는 방법이 책에 있다고 말을 한다. 빌 게이츠 또한 엄청난 독서광으로 하버드 대학의 졸업장보다 소중한 것이 독서하는 습관이라고 말했다. 스티브 잡스도 책을 멘토로 삼고 항상 곁에 둔다고 했다. 이처럼 책을 읽다 보면 내가 처한 위치를 알게 되고 당면한 문제들을 해결하는 데 도움이 많이 된다. 그렇지만 책만 많이 읽는다고 자신이 성장하는 것은 아니라고 생각한다. 책을 읽다 보니 성장과 성찰에는 자신의 일과 삶을 돌아볼 수 있는 자신만의 생각하는 시간이 필요하다는 걸 알았다.

　김종원 작가는 멘토로 삼은 괴테와 책을 통해 이야기 나누고 깊은 사색을 하며, 책을 읽는 시간보다 사색의 시간을 훨씬 많이 가진다고 한다. 빌 게이츠는 1년에 2번 혼자 호숫가 통나무집으로 가서 생각 주간을 갖는다고 한다. 또한 소프트뱅크의 손정의는 아무리 바빠도 하루에 10분은 반드시 자신만의 생각에 몰입해 획기적인 아이디어들을 생산해낸다고 한다.

　단순히 책 속의 글들을 좇으며 읽을 때는 느끼지 못했는데 천천히 책을 곱씹으며 읽다 보니 책 속에서 멘토를 만나고 배우되 삶

속에서 자신의 처지에 맞게 적용하고 사색하면서 나 자신과 소통할 수 있는 시간이 필요하다고 절실히 느꼈다.

예전에는 서점까지 가는 거리를 차로 이동했다. 그렇지만 요즘은 책을 읽고 느낀 점들을 생각하면서 이동하는 시간을 즐긴다. 걸으면서 생각도 하고 다이어트도 할 수 있는 건강한 이 시간이 너무 소중하고 행복하다. 오늘도 나만의 사색의 길을 걸으며 또 다른 멘토를 찾아 서점으로 향한다.

박혜진 | 책은 산책이다. 산책길에서 만나는 다양한 모습들을 보며 행복을 느끼고 사색에 잠기듯이, 책을 통해 생각의 힘을 기르고 진정한 행복의 의미를 찾을 수 있다. 여러 산책로 중 내가 편한 길을 찾듯 책을 통해 자기다운 삶을 찾고 건강한 나를 만들 수 있으리라.

읽고, 생각하고,
성장하다

김 도 유

도전의 시작

유치원생이었던 때부터 부모님께서는 일을 하러 나가셨다. 그래서 혼자 집에 있는 시간이 많았다. 심심함에 늘 비디오와 TV를 봤다. 좋아하는 만화는 대사를 외울 때까지 돌려 보고 또 돌려 보았다. 그러다 우연히 친구 집에 놀러 갔는데 친구가 물었다.

"야! 니 한글 아냐?"

"그게 뭔데?"

친구는 벽에 붙어 있는 한글 포스트를 보여주며 유창하게 한글을 읽어 주었다. 신선한 충격이었다. 그리고 자존심이 상했다.

'나보다 아는 게 많다니…… 분하다!'

그날 밤, 일을 마치고 돌아온 엄마, 아빠에게 한글을 가르쳐 달라고 했지만 제대로 가르쳐 주지 않았다. 아무것도 모르는 나를 가르치다 보니 화가 난 것이었다. 자존심이 더 상했다. 그리고 그 친구를 만나지 않았다. 나도 한글을 안다고 거짓말을 했기 때문에 만나더라도 한글을 알고 만나고 싶었기 때문이다. 고민을 했다. 어떻게 하면 한글을 배울 수 있을까.

한 가지 방법이 떠올랐다. 한국 전래동화 전집에 있는 동화 테이프들이 생각난 것이다. 테이프를 들고 전축 앞에 앉았다. 다시 고민을 했다. 어떻게 활용해서 읽어야 하지? 아무거나 골라잡아 우선 테이프를 틀었다. 역시나 동화책도 아무거나 골라잡아 펼쳤다. 그리고 테이프에서 흘러나오는 동화를 들었다. 듣다 보니 글자는 몰라도 책 속 그림하고는 연결이 되지 않았다. 그래서 동화를 듣다가 테이프를 꺼냈다. 다시 테이프를 보면서 이건 맞겠지 하는 생각에 넣어서 틀었는데 역시 이 테이프도 아니었다. 포기하고 싶지 않았다.

몇 시간 사투를 벌이다 꾀가 떠올랐다. 책에 적힌 숫자와 테이프에 적힌 숫자를 맞춰서 틀어본 것이다. 아! 이게 웬걸! 책 속 그림과 테이프에서 흘러나오는 이야기가 연결되는 것이다. 기쁨의 한 순간 테이프를 맨 처음으로 돌렸다.

테이프를 틀고 동화책 첫 장을 펼쳐 고사리 같은 오른손가락으로 더듬더듬거리며 글자 하나하나를 가리키면서 읽어 나갔다. 그렇게 매일매일 반복의 반복을 거듭하다 보니 자연스럽게 이 글자가 어떤 소리인지 알게 되었고, 헷갈리는 글자니 모르는 글자는 삼촌에게 물어보면서 글자를 배워나갔다. 몇 달이 지나고 혼자서 글자를 읽을 수 있게 되었다. 한국 전래동화 전집은 찢어질 만큼 너덜너덜해졌고, 여기저기 테이프로 이은 자국들이 남게 되었다.

더 이상 읽을 책이 없을 즈음 또 다른 동화책 전집이 생겼다. 디즈니 전집과 하얀 귀여운 강아지가 등장하는 전집이었다. 부유한 환경이 아니었기에 읽을 수 있는 책은 한정되었지만 읽고 또 읽고 잠들 때까지 읽었다.

매일 책만 본 것은 아니었다. 이야기와 그림이 너무 좋아서 만화 비디오 테이프도 보면서 주인공들이 말하는 대사들을 줄줄 외울 정도로 보고 또 보았다. 그럴 수밖에 없는 환경이었다. 맞벌이 하시는 부모님과 함께 사는 할아버지, 할머니, 삼촌들은 저녁이 되어야 볼 수 있는데 그 시간이 될 때까지 대부분 혼자 보내는 시간이 많았기 때문이다. 지금 생각하면 대범하다는 생각이 든다.

친구로 인해서 한글이라는 것을 알게 되고, 책을 읽기 시작하면서 책은 심심함을 달래주는 친구가 되었다. 그러다 초등학교 1학년이 되어서 받아쓰기를 했는데 빵점을 받고 집에 갔다. 그날 엄마에게 호되게 혼이 났고 어째서 혼이 나는지도 모르던 나는 당황할 수밖에 없었다.

읽을 수는 있지만 쓰기가 부족했던 거다. 학교 공부는 못했지만 책은 좋았다. 본격적으로 글자 수가 많은 책을 읽기 시작한 건 초등학생 3학년 때부터다. 책을 많이 읽은 학생에게 주는 독서상이 있었다. 그 상이 탐났다. 유일하게 잘할 수 있는 게 책 읽기여서 교실에 있는 책을 읽기 시작하였고 우연히 상가에서 책방이라는 곳과 그곳에서 책을 대여할 수 있다는 걸 알게 되면서 만화책이며 동화책이며 읽고 싶다는 생각이 들면 몽땅 빌려 보았다.

그렇게 읽다 보니 목적은 달성이 되고 그 해에 '독서 왕'이라는 상장을 받게 되었다. 처음 상장을 받은 성취감을 맛보게 되면서 책은 나에게 분신 같은 존재가 되었다.

중, 고등학교에 다니던 때에는 만화책을 수천 권 보았다. 나중에는 누가 몇 권을 더 읽었는지 친구들과 경쟁을 붙기도 했다. 학업에서 받은 스트레스를 만화책을 보면서 풀었으니 성적은 당연히 좋지 않았다. '수'보다는 '미, 양, 가'가 더 많은 학생 중 한 명이었다.

고등학교를 졸업하고 사회 초년생이 되어서도 책을 놓지 않았다. 책을 사고 싶어도 책을 구입할 돈이 없어서 도서관을 이용하며 자기 계발서를 읽고 또 읽었다. 자신에게 부족한 부분들을 채우고자 읽었지만, 습관으로 만들고 싶었지만 항상 작심삼일이었다. 계획표를 세워도 두리뭉실한 계획뿐이었고, 목표도 제대로 실천하기엔 현실적으로 이루어질 가능성이 없는 계획들이었다.

돈을 많이 벌고 꼭 큰 물에서 성공하고 말겠다고 생각했다. 그리고 자존심은 하늘같이 높았지만 자존감은 깊은 바닥에 있었다. 늘 환경에 불만이 가득했고 나 자신에게 불평이 많았으며 외로움과 피로움, 고독이 많아서 슬럼프에 지주 빠져 있었고, 빠져 있는 기간도 길었었다. 마음이 병들어 있어서 몸도 병들어 있었다. 그래서 병원을 자주 드나들었고 약을 매일 먹으며 지냈다. 약의 반응에 잠을 자야 했고 생기와 활기가 없는 그런 자신이 싫었다. 눈물에 젖어 있는 모습이 싫었다. 이젠 더 이상은 견딜 수 없었다. 도전이 필요했고 모험이 필요했다. 그리고는 이 모습에서 벗어나기 위한 도전은 시작되었다. 행복해지기 위한 도전!

흔들리지 않는 삶

올바른 사상이 담긴 책이 있는가 하면 그렇지 않은 책들도 있었다. 성장하기 위해서는 올바른 사상이 담긴 책을 읽어야겠다는 생각으로 골라가며 책을 읽기 시작했다. 책을 읽는 중에 실생활에서 실천하고 싶은 문장들에 줄을 그어가면서 실천하기 시작했다.

직장 생활을 하면서 힘든 순간이 나오면 무조건 책을 읽었다. 그리고 학생들을 가르치면서 어떻게 하면 학생들에게 선한 영향을 줄 수 있을까 하는 고민을 많이 했다. 교육에 관련된 서적들을 찾아보게 되었고, 감정을 다루는 코칭 관련 책들을 읽었다. 적용을 하고 실천을 하는 속에서 아이들과 나누는 교감으로 인해 많은 것을 배우고 사랑이 무엇인지도 배우게 되었다.

사회와 가정의 인간관계에서 겪는 어려움을 좋은 방향으로 전환하고 싶을 때에도 책을 읽었고 책 속에서 방법을 찾았다. 차츰 생활과 인성에 좋은 방향으로 변화가 왔고 자존감도 조금씩 채워졌다.

여러 가지의 도전으로 성장은 했지만 정작 감정의 기복만큼은 여전했다. 이건 또 다른 별개의 문제였다. 이랬다저랬다 하는 감정에 흔들리고 휘말리고의 반복에 죄책감이 들었고 그럴 때마다 마음 깊은 곳에서 스멀스멀 올라오는 어두운 감정들을 마주해야만 했다. 책을 읽으며 그 마음을 달래보려고 해도 다시 마음을 잡아도 시간이 지나면 다시 제자리걸음이었다. 그 이유는 근본을 제대로 보지 못했던 거였다.

제대로 성장할 수 있는 계기가 필요했고, 때마침 성장할 수 있는 모임에 들어가게 되었다. 좋은 기회였다. 이번에야말로 후회를 남기지 않는 도전을 해보이겠다고 스스로 결의를 하며, 일년에 책 12권을 읽되, 매달 한 권씩 읽고, 사색을 거듭하면서 어째서 그런지에 생각을 하고 그 동안의 행동과 생각들에 반성을 하고 앞으로 어떻게 실천을 하겠다고 적고 매주 일요일마다 발표했다.

첫 달과 두 번째 달이 되었을 때는 좋았지만 시간이 지날수록 이 또한 쉽지 않았다. 제대로 해보이겠다던 그 초심은 어디로 갔는지 건성으로 책을 읽기 시작했고 원고작성도 건성이 되어 갔었다. 그러다 정말 행복해질 수 있을까? 하는 의구심이 들기 시작했다. 왜 내가 한다고 했을까? 라는 생각이 들면서 다시 어두운 내면의 모습들이 수면 위로 떠오르는 걸 느꼈다.

여러 궁금증이 떠올랐다. 그리고 그 궁금증들을 풀 수 있는 시간을 가질 수 있었다. 하나씩 그에 대한 답을 들었지만 그래도 마음에 확 와 닿지는 않았다. 그러던 중 그때 이런 조언을 듣게 되었다.

"노력은 어디에도 가지 않는다. 모든 것이 복운이 된다. 그리고 그 끝은 행복이 있다. 반드시 행복해집니다. 함께 만들어 갑시다."

반드시 행복해진다는 그 말이 뇌리에 꽂혔다. 다시 결의를 다졌다. 책을 읽으면서 눈에 띄지 않았던 구절들도 보이기 시작했다. 공감이 가지 않았던 구절들에 공감이 가기 시작했다. 그리고 사색을 하며 내 자신을 뒤돌아보았다.

예전에, 그 동안에, 착한 사람으로, 좋은 사람으로라는 이미지 틀 속에서 살아왔기 때문에 그 답답함을 털어내고 싶었다. 있는 그대로의 나의 모습을, 솔직한 나의 모습을 사람들에게 보인다는 점이 쉽지만은 않았다. 그러나 자신을 마주하면서 조금씩 내면의 자아를 보면서 진짜 행복했으면 하고 건강한 자아인 나를 만들어 가야겠다는 생각을 했다.

있는 그대로의 나의 모습, 솔직한 나의 모습이 무엇인지 깊이 생각하고, 힘들 때 괴로울 때 슬플 때 불안해 하고 초조해 할 때 토닥거리고 안아줄 수 있는 시간들을 만들고 싶었다. 잘했을 때는 스스로에게 칭찬을 해주고, 지금보다 더 사랑해 주고 예뻐해 주어야겠다는 생각을 했다. 그리고 꾸준히 실천할 수 있도록 지속적인 노력을 했다. 매일매일 수고했다고 잘했다고 인정해 주고 칭찬을 해 주었다.

있는 그대로의 나를 받아들이는 순간부터 편안해지기 시작했다. 지금도 노력 중이다. 살아가면서 여러 가지 선택의 기로에 서게 되는데 선택을 하고 난 후에 과연 선택을 잘 한 것일까? 하며 되묻기도 한다. 행복한 인생을 만들어 가기란 어렵다. 그렇기 때문에 우린 올바른 선택을 하기 위한 자신만의 혜안을 얻고 그 선택은 훗날 미래의 모습이라는 거다.

시간이 지나는 동안 여러 가지 부분들에 자각을 하고 잘못된 부분들의 근본을 정확히 보는 눈을 가지면서 전보다 뚜렷한 주관이 세워지게 되었고, 다른 사람들의 생각을 포용할 수 있는 넓이의 마음을 가지게 되었다고 생각한다. 진심으로 12권의 책 읽기 완독을 하길 잘했다고 생각한다.

그 후에도 사색을 할 수 있는 책을 선정하여 하루에 하나씩 읽으며 생각하며 그것이 어떤 의미인지를 생각할 수 있는 시간을 가진 적이 있다. 이 책을 읽기 전에는 확신할 수 있는 뭔가가 필요했었는데 이 책을 읽고는 확신이 들게 되었고 심적으로 여유를 가질 수 있게 되었다. 그 여유를 느끼게 되면서 얼마 전에 엄마와 이야기를 했다.

"엄마, 나 요즘 정말 행복해요. 예전에는 누군가에게 인정받고 싶었고 그 인정을 받는 게 나에게는 큰 행복이라고 여겼었는데 지금은 아니에요. 책을 읽고 사색을 하면서 내가 깨달은 건 나 스스로가 인정해주고 다독여주는 게 다른 사람에게서 받는 인정보다 더 큰 행복이란 것을 알았고, 안 순간부터 나를 인정하니깐 행복해요. 그리고 책을 통해 연구하면 할수록 아는 것이 많아질수록 겸손해지는 것 같아요. 말을 하는데 있어서도 더욱 절제하게 되는 것 같고 생각하는 것도 조심스러워져요."

"네가 철이 드는 것 같구나."

오랜만에 만난 지인이 반갑게 만나 차 한 잔 하며 이야기를 나누었다.

"예전보다 차분해진 것 같아요."

그 말에 쑥스러워 미소를 지었다. 노고의 시간들은 내면을 닦게 해주었고 그동안 조절하기 힘들었던 감정들까지도 컨트롤할 수 있는 힘을 안겨 주었다. 이젠 더 이상 흔들리지 않고 감정기복이라는 건 느끼지 않게 되었다. 예전 같았으면 다른 누군가에게서 싫은 이야기를 들으면 싫은 내색을 팍팍 냈을 텐데, 지금은 누군가에게 싫은 이야기를 듣더라도 그 말에 상처라고 받아들이지 않고 경험을 바탕으로 생각해줘서 이야기를 해주는 것이 아닐까? 하는 생각을 갖게 되고 받아들이니 오히려 이야기해줘서 감사하다는 생각이 든다. 책을 제대로 읽기 시작한 지난 10년이라는 세월은 보물 같은 시간이 있었기에 성장할 수 있었고 다른 사람들을 품을 수 있을 만큼의 풍요로운 마음을 키울 수 있었다.

　삶을 잘 살았는지 못 살았는지는 50대가 되어서 판가름이 된다고 한다. 그때까지 새롭게 뭔가에 도전하고 또 도전하겠지. 그리고 앞으로도 평생 책을 읽을 것 같다. 책을 통해 세상을 알았고 희망과 용기를 얻었고 생각의 폭을 넓혔고 스승을 얻었고 사람을 얻었기 때문이다.

　책을 읽고 사색하고 실천을 함으로써 올바른 사상을 꾸준히 세우고 깨우치면서 선한 에너지가 가득한 사람이 되어서 그 선한 에너지를 펼쳐나가는 사람이 되겠다.

김도유 | 책을 읽는 속에 조용히 깊이 사색하고 품위와 교양을 길러 자기를 확립해 간다. 그리고 그 인생은 건강하고 튼튼한 행복한 삶을 살게 해준다.

고정관념을
깨트리다

김 규 동

공장에서 웬 문학?

갖고 싶었다. 따고 싶어 안달도 떨어 봤고 돈으로는 더욱 안 됐다. 바로 대학졸업장이었다. 자격증 시험처럼 주었다면 진작 땄을 것인데 대학교 졸업장은 그렇지 않았다. "대학 가면 되지 뭘 그걸 갖고 그러냐?"라고 쉽게 말하겠지만 이미 난 결혼한 가장으로서 딸과 아들이 있는 직장인이었다.

1978년 12월 4일 고등학교 졸업도 하기 전 실습을 나와 실습과 수습 3개월을 마치고 사원이 됐다. 사령장을 받고 시급 340원을 받았다. 직장에서 월급을 시급제로 받는지 월급제로 받는지도 몰랐다. 더 우스운 것은 공장과 회사의 차이도 모른 채 돈을 벌겠다고 나왔다. 정부에서는 대망의 80년대를 부르짖었고 중화학공업을 육성 발전시켜 마이카^MY CAR 시대를 앞당기자는 구호가 물결치던 때였다. 나는 '조국 근대화의 기수'라는 사명을 갖고 키워진 기능공이었다. 그 당시 '실업계고 대학 특별전형'이 있었지만 빨리 돈을 벌어 볼 욕심으로 취업을 택했다. 어머니께서는 막내인 나에게 "조선소는 사람이 많이 죽는다니, 제발 배 만드는 데만 가지 마라"라고 하셔서 창원으로 취업을 했다. 처음 본 회사는 규모도 컸고 집채보다 큰 기계와 천장을 오가는 육중한 크레인, 쉼 없이 번쩍이는 불꽃과 시끄러운 소음들로 학교라는 온실과는 엄청난 차이라 입을 다물지 못했다.

철판을 자르고 붙이거나 구부리고 구멍을 뚫어 설비를 만들고 조립하는 장치산업이 말처럼 쉽지는 않았다. 하루 종일 철판 녹을 벗기는 사상 작업으로 눈코 구분이 안 될 정도로 쇳가루를 덮어썼고 그라인더의 충격으로 며칠간 손목이 덜덜 떨리기도 했다. 크레인을 만드는 위보기 용접 때는 불똥이 떨어져 살갗을 태우는 냄새가 나도 불량을 막으려고 홀더를 떼지 못한 적도 많았다.

칼바람이 부는 철판 위에서 에이치빔^H-Beam 작업은 온몸에 땀이 흥건한 고된 일이었지만 젊음으로 이겨냈다. 몸은 녹초가 되도록 힘들었지만 월급으로 고등학교 때 정부에서 지원받은 학비를 갚아나가는 재미도 쏠쏠했다. 현장의 일들이 눈에 들어오는 데는 5년여 세월이 정신없이 흘렀다. 그 사이 멋모르고 취직한 공장이 싫어서 떠난 친구도 있고, 서세도의 조신소로 월급을 더 받고 긴 친구도 생겼다. 실습 나왔던 인원의 절반이 넘게 퇴사했지만 특별한 게 없던 나는 공장의 시간표에 맞춰진 기능공으로서 잔업과 특근이라는 쳇바퀴를 돌리며 결혼도 하고 익숙해졌다.

가장으로서 집을 살 궁리와 잔업의 시수를 높이는 데 열을 올리며 무난한 날을 보낼 때 눈에 밟히는 일이 생겼다. 바로 사무실의 여사원과 사소한 마찰이었는데 현장 작업자를 개 닭 보듯 우습게 여기며 함부로 대했다. 그러나 사무실의 다른 직원들과는 대하는 자세부터 달랐다. 깍듯하고 부러울 정도로 친절하게 굴어 비위가 상할 지경이었다. 나중에 알았지만 여사원도 고졸이었으면서 대하는 게 영 마뜩찮았다.

지금까지 기능공이란 자부심으로 작업복을 부끄러워하지 않고 열심히 달려왔던 내가 또 다른 세상을 만나는 일은 그렇게 쉽게 왔다. '아 기능만 갖고 되는 게 아니구나. 그래서 대학은 나와야 한다'를 깨닫는 순간 갑자기 자괴감과 회의감이 몰려왔다.

회사 일이 예전 같지 않고 돈 버는 일도 마냥 기쁘지 않았다. 하지만 특례보충역으로 80년부터 60개월 근무를 마쳐야 했고 결혼까지 한 나로서는 별 신통한 방법이 없었다. 지루하게 공장을 오가는 중에 찾은 돌파구는 창원기능대학이었다. 기능대학을 졸업하면 대학졸업과 같은 대우를 받게 될 거라는 막연한 기대감으로 졸업을 했지만 크게 자존감은 회복되지 않았다.

새롭게 만난 터널은 바로 독서통신 교육이었다. 책을 읽고 일정한 과제만 제출하면 공짜로 책을 주는 프로그램이었다. 회사 업무는 크게 변화가 없었지만 한 달에 한 권씩 책 쌓이는 재미에 홀려 처음에는 자기 계발서와 리더십 같은 책들을 읽었으나 더 읽을 책이 없었다. 마지막에는 조경관리 계획이나 디자인 광고, 마케팅 같이 책을 주는 모든 과정을 거의 이수했다.

이때에 스티븐 코비의 《성공하는 사람들의 7가지 습관》을 만났고 나를 다시 돌아보는 전환점이 됐다. 다른 습관도 중요했지만 그중에서도 "소중한 것을 먼저 하라"와 "심신을 단련하라"는 두 가지를 마음에 담고 꾸준히 실천을 한 결과 공짜로 받는 책을 넘어 한 달에 최소한 오만 원 이상은 책과 음악시디를 구입하는 데까지 발전했다.

공돌이라고 자신을 비하하던 부정적인 생각들도 긍정의 생각으로 채워졌다. 무엇보다도 세상을 보는 눈이 한결 더 넓어졌다. 지금의 현실을 넘어설 수 없다면 주저앉아 있지 말고 나만의 강점을 찾아 나서기로 했다.

두 아이의 아버지, 직장인, 남편으로서 가장 중요한 게 무엇일까를 고민한 결과, 첫째는 좋은 아버지가 되는 것이었다. 12살에 아버지를 여의어서 아버지와의 추억이나 기억이 거의 없던 나였다.

"아버지가 사식들을 위해 할 수 있는 기장 중요한 일 두 가지는 자녀들의 어머니를 사랑하는 것과 그 사랑을 표현하는 것이다"라는 말을 실천했다. 놀이와 여행으로 경험을 쌓았다. 무리할 정도로 국내외 여행도 많이 다녔다. 24살에 큰 준비 없이 한 결혼 덕분에 오히려 결혼 후 남편과 아버지 노릇, 교육이나 육아 등의 책들을 더 많이 읽게 됐다. 실습을 곧바로 적용하며 아버지의 자리도 든든히 찾았다.

둘째는 공부하는 아버지의 모습이었다. 현장에서 사무실로 일 티는 옮겼지만 여전히 고졸이라는 열등감과 결핍을 갖고 있었다. 다행히 최선책인 한국방송대학교에 입학하였고 졸업까지는 10년이 걸렸다. 기간보다는 책 읽는 아버지, 시험 치는 아버지의 모습으로 아이들에게는 "공부해라"가 아닌 "공부하자"라는 말조차 할 필요 없이 잘 커 주었다. 고등학교 졸업 후 24년 만에 얻은 졸업장이었고, 아버지와 남편 노릇까지 해가며 얻은 성과였다. 대학졸업장이라는 미련의 끈을 10년이나 끌고 오면서 든든한 맷집이 저절로 생겼다.

딸이 고3이었기에 더불어 공부하자는 의미로 대학원을 넘보는 또 다른 욕심이 생겼다. 43살이었지만 아내의 격려에 용기를 냈다. 역시 이번에도 상황에 맞춰 나만의 강점을 찾았다. 가깝고 학비도 적은 국립 대학교였다. 대학원은 끝자리로 겨우 붙었다. 전공은 국어국문학이었다. 기계공고와 기능대학에서 용접을 전공했고, 회사에서도 철판으로 부품 만드는 일을 하면서 기계나 엔지니어링이 아닌 국어국문학을 배우겠다니 다들 이상하게 쳐다봤다. 지금까지 배우고 익혀 밥벌이를 하는 일과는 너무 동떨어진 공부였기 때문이다.

국어국문학은 좋아서 선택한 공부였다. 올림픽으로 유명해진 평창읍에서 자랐고, 형편이 어려워 중학교도 장학금으로 입학했고 기계공고는 선택의 여지가 없었다. 비록 창원기능대학은 대학졸업장 욕심으로 졸업했지만 뜻을 이루지는 못했다. 그래서 좋아하는 공부를 하고 싶었다.

맷집이 쌓였다고는 하나 역시 대학원은 쉽지 않았다. 결국 디스크 수술과 두 번의 치질 치료를 해가며 2009년 49살에 문학박사가 됐다. 다니는 직장에서도 처음이었고, 창원공단에서도 "현직노동자 최초 문학박사"라는 기록으로 창원기네스에 올랐다. 공돌이로 시작해 기능과 학문에서 자리를 잡았으니 공부해서 남 줄 일만 남았다. 행복한 고민이다.

꼴갑으로 꼴값하다

'꼴값'이 아니고 '꼴갑'이다. 물론 처음 보고 들었을 것이다. '꼴갑'을 처음 만들었고 세상에 나온 지 첫돌이 조금 지났으니 당연하

나. '꼴'삽으로 꼴값'을 해 3행시의 핀을 확실히 갈아엎었다.

공장에서 문학을 한답시고 껍죽대고 다녔지만, 자랑할 만한 시집도 없고 전업 시인처럼 기가 막힌 시집을 펴낼 깜냥이 없다는 걸 잘 알았다. 《전어》라는 시집詩集도 발간한 명색이 시인이었다. 시집도 실력이 돼서 펴낸 것은 아니었다.

2012년 딸아이를 시媤집 보내면서 찾아주신 하객들에게 드릴 답례품으로 엮은 시집이 바로 《전어》였다. 이유가 무엇이든지 공장 생활 40여 년에, 시집을 펴낸 첫 번째 사람이어서 2,000여 명 중에 눈에 띌 수밖에 없는 처지였다.

궁리를 했다. 어떻게 하면 공장의 직원들에게 재미를 줄 수 있을까? 색다른 일을 만들어 나도 즐겁고 다른 사람들까지 행복한 일이 무엇인가를 늘 고민했다. 그렇게 쓸데없는 생각으로 지내던 2004년, 같은 팀의 직원이 첫딸의 돌잔치를 한다는 연락을 받았다. 요즘에는 다들 뷔페 식당에서 백일과 돌잔치를 하지만 그때만 해도 주로 집에 지인들을 초대해서 하던 때였다. 그래서 팀에서는 선물과 꽃을 갖고 찾아가서 두둑하게 배를 채운 값보다 훨씬 더 많은 덕담을 해주었다. 다녀온 며칠 후 문득 "내가 글을 쓰는 사람인데 그럴듯한 축하 글이라도 써줘야겠다"라는 생각이 들었다. 축하 시를 써 선물하려고 이런저런 생각을 하며 길게도 쓰고 짧게도 써 봤지만 여러 가지 쓴 시들을 읽어봐도 썩 맘에 드는 게 없었다.

궁하면 통한다고 갑자기 3행시를 써주고 싶었다. 이왕이면 이름을 갖고 초장 중장 종장으로 이뤄진 시조로 쓰면 형식도 살리고 문학성까지 넣을 수 있으니 일석이조一石二鳥였다. 흔히 모임에서나 게임으로 3행시를 많이 지었고, 특히 자기 이름으로 하는 경우도 많았기 때문에 낯설지도 않았다. 아이의 이름은 '전소은'이었다. 전씨 성을 가진 소은이라는 예쁜 이름이었다. 결혼하여 얻은 첫 번째 선물이요 살림밑천인 딸이었으니 이름에는 정성과 고민이 배어 있었다. 나름대로 신경을 쓰고 어휘를 끌어모았다. 선물 받을 사람의 형편과 사정, 밝은 미래까지 가득 담고 싶었다. 소은이를 기쁘고 행복하게 해줄 첫 작품이 드디어 탄생했다.

전주곡 흐르는 날 백년가약 곱게 맺고
소꿉놀이 사랑연습 삼백예순날 엮어서
은하수 열고 곱게 선 고운 결실 첫사랑

이름을 첫 글자로 초장 중장 종장을 시작해 정형시의 기본 형태인 3장 6구 4음보로 쓴 시조는 '고운결실 첫사랑'이라는 제목으로 선물했다. 물론 시조의 뜻과 행간에 숨겨진 배경까지 자세하게 적은 시조해설까지 곁들였다. 생각지도 않은 선물이었고 처음 받아본 형식의 시조였기에 휘둥그레진 눈으로 무척 신기해 했다. 값없이 건네는 선물은 받은 사람이 기뻐하면 주는 사람이 더 행복한 법이다. 이렇게 우연찮은 계기로 선물 시조는 세상에 나왔다. 축하

시조는 세상에서 오직 한 편뿐이다. 오직 흰 사람 생일이든 첫돌이든 주인공만을 위한 것이다. 의미와 희소성으로 따져도 보석만큼 값진 선물이다.

축하할 일들이 첫돌과 백일만 있는 게 아니고 결혼도 생기니까 또 다른 고민이 찾아왔다. 내용이나 형식은 시조였지만 신랑과 신부의 이름으로 시조를 써야 하니까 두 배로 고민을 해야 했다. 신랑과 신부 이름으로 한 편씩 두 편을 써야 하고 내용도 서로 자연스럽게 연결한 만큼 행복의 크기와 바람도 더 커져야 했다. 주변에 결혼 적령기의 젊은 직원들이 많았다.

시조로 선물할 행복한 고민으로 머리 쓰는 게 힘들다고 결혼하는 후배들을 모른 체할 수 없었다. 성姓이 류 씨거나 곽 씨인 경우는 진짜 어려웠지만 선배로서 밑천이 드러나는 부끄러운 짓은 하기 싫었다. 내색은 않았지만 연시조를 쓸 때는 신랑 신부 이름에 딱 맞는 단어를 생각하느라 몇날 며칠 쥐가 날 지경이 한두 번이 아니었다. '하늘 여는 생명 길'이라는 제목으로 선물한 결혼식 축하 시조이다.

정결한 마음자리 반듯한 속사람

태없는 앎과 삶 순종으로 빚어져

준대로 뿌리고 심어 햇발 같은 참 목양

김매듯 마음 고랑 무릎으로 일구고
소망 닻 감고 풀며 길 내고 다듬어
현재의 흘린 땀 눈물 하늘 여는 생명 길

정태준과 김소현에게 써 준 선물이다. 하는 일이 목회이고 영혼을 살리는 일이라 업業의 특성에 맞춰 썼다. 써 주는 횟수가 늘고 경험이 쌓이니 시조의 질은 저절로 높아졌다. 선물의 품질을 높여 기쁨을 배가시키는 쪽으로 방향을 틀었다. 먼저 선물할 사람의 사진을 달라고 했다. 컴퓨터의 성능이 좋아서 사진 옆에 원하는 글자체로 내용을 쓰고 날짜까지 넣어 칼라로 프린터를 한 뒤 자필로 이름을 적고 그 옆에 낙관을 찍었다. 그렇게 해 액자도 취향에 맞는 형상과 색깔로 넣어주었다. 한결 시조의 품격이 달라졌다. 달라진 만큼 만족도도 높아졌다. 그것만이 아니다. 자필로 쓴 만년필은 바로 20년 넘은 손때가 묻은 몽블랑 만년필이며, 잉크 또한 일반 잉크가 아닌 몽블랑 잉크였다. 찍은 낙관도 직접 새기고 판 것이라 정성으로 따지면 오직 최고의 것만을 사용했다. 무엇이든 시작하면 열과 성을 담는다는 기능인의 자긍심을 몽땅 쏟아부은 맞춤선물 시조였다.

17년 넘게 선물한 시조가 거의 80여 편이 넘자 "선물한 시조들을 한 곳에 모아 시조집을 만들자"라는 생각이 들었고, 그렇게 묶은 시집이 《꼴값》이다.

왜 그럼 사전에도 없는 꼴집인지 밝혀야겠다. 예순 살은 '한갑' 예순한 살은 '진갑'이다. 그러나 예순셋은 부르는 말이 없었다. 그래서 특별히 만든 호칭이 '꼴갑'이다. 시조집을 《꼴갑》으로 정한 후 시조를 63편을 선별했다. 결혼 20편, 첫돌 20편, 생일 23편을 살뜰하게 모았다. 시조집을 펴낸 날도 2017년 6월 3일로 맞췄고, 시조에 실린 주인공 63명을 초청해서 서울의 63빌딩에서 출판기념회를 하려고 계획했지만 조촐하지만 뿌듯하게 축하행사를 마쳤다.

'꼴갑'이 되면 얼굴 값은 물론 나이 값도 하고 살 나이다. 이제 꼴갑까지는 오 년이 채 남지 않았다. 지금도 축하시조 꼴갑은 계속되고 있으며, 앞으로도 꼴값은 계속될 것이다. 마지막으로 어디에서 《꼴갑》을 사려고 찾는 일은 하지 말았으면 좋겠다. 희소가치를 높이려고 한정판만을 찍었기 때문이다.

김규동 | 용접을 하고 굴착기를 조립하던 노동자였다. 공장이라는 쳇바퀴에서 디딤돌로 만난 책은 낯선 여행이었지만 설렘의 길이었다. 힘껏 뿌린 씨앗보다 거둔 알곡이 많아 송구스럽다. 일상을 재미로 채우고 줄타기할 갤판Palette이 펼쳐졌다. 삶의 무늬를 그릴 일만 남았다.

더 깊게 더 넓게

박 혜 정

책을 통해 사람을 만나다

"저도 그 책 읽었어요."

어쩌면 이 한마디가 하고 싶어 책을 읽기 시작했는지도 모르겠다. 20대 초반까지 읽은 책이라고는 교과서와 만화책이 전부였다. 스토리 전개가 빠르고, 무엇을 전하고 싶은지 명확하며, 이룰 수 없는 꿈까지 적당히 반영된, 거기에 그림까지 충실한 만화책들. 그에 비해 소위 '책'이라고 불리어지는 것들은 펼치기만 하면 채 몇 장을 넘기지 못하고 졸음부터 쏟아지기 일쑤였다.

무슨 훈화 말씀은 그렇게나 많은지, '끝으로, 마지막으로, 마무리를 하자면' 등을 반복하며 끝날 듯 끝나지 않았던 학창시절 교장 선생님 말씀보다 책은 더 지겹게 느껴졌다.

그 시절 내가 만났던 대부분의 사람들도 책 읽는 고지식한 사람은 되지 않기로 다짐이나 한 듯 책과는 거리가 멀었다. 나름의 방법으로 매일에 충실했기에, 하루를 살아내기 바빴기에 시간을 쪼개어 책을 읽을 시간을 따로 마련하기가 여간 어렵지 않았다. 경제적, 시간적으로 여유 있는 자들이 누리는 고상해 보이는 사치, 그것이 내가 생각한 독서였다.

시간이 흐르고 세월이 변하면서 내가 만나는 사람도 조금씩 달라졌다. 학창 시절과 달리 대학을 졸업하고 직장인이 되면서 내가 만난 사람들은 특별한 규칙도, 공통분모도 없었다. 왜 이 사람들이 내 삶으로 들어왔는지 모를 그런 만남의 연속이었다.

만나고 싶은 사람만 골라 만나며 살 수 있었다면 평생 책을 읽지 않고 살았을지도 모른다. 책을 읽지 않아도 전혀 불편함이 없던 세상을 이미 20년 넘게 살지 않았던가. 하지만 세상은 내가 원하는 대로만 살 수 있는 곳은 아니었다. 내 의지와 상관없이 사람들을 만나다 보니 인간관계의 스펙트럼이 넓어졌다. 넓어진 시야가 반드시 좋은 것만은 아니었다. 나의 부족함을 봐야 했고 여러 가지 불편함도 감내해야 했다. 아이러니한 점은, 그런 불편함을 느끼고서야 내 자신이 우물 속 개구리처럼 안주해 살고 있음을 깨달았다는 사실이다.

머리 위의 하늘이 전부인 줄 알았는데 누군가 우물 밖의 더 큰 세상을 이야기했다. 작고 동그란 머리 위의 파란 하늘이 아닌, 말로는 그 크기를 설명할 수 없는, 상상만으로는 짐작 불가능한 전혀 다른 세상의 하늘을 이야기하는 사람들을 보며 현실감각 떨어지는 공상가라 생각했다.

또래들 사이에선 제법 말도 잘했고 무난히 직장에 들어가 사회생활도 잘해나가는 편이었기에 내 세상의 하늘이 가까이 왔다 생각했는데 말도 되지 않는 성공을 떠들고 그것이 곧 내 것일 수 있다 말하는 사람들을 보며 욕심이고 욕망이라 생각했다. 변화가 귀찮으니 타인의 그런 삶을 비하하며 내 마음의 평안을 취한 것이었다.

별생각 없이 친구를 따라 찾아간 독서 모임에서 진짜 나를 보게 되었다. 같은 시간, 같은 세상을 살아가는 사람들인데 시공의 문을 열어 다른 세상에서 불쑥 찾아온 것만 같은 사람들이 한가득 앉아 있었다. 내가 사는 세상에서는 극히 일부였기에 특이하다 했던 공상가들이 그곳에 가득했다.

이상한 사람들이 많은 곳에선 평범함이 이상함이 된다고 하더니 그곳에서 내가 딱 그 꼴이었다. 지극히 현실적이고 평범한 내가 그곳에선 고지식하고 현실에 안주하는, 닥친 문제 앞에선 회피해 버리는 못난이처럼 느껴졌다. 10년이 훌쩍 지난 시간이지만 나를 다시 만난 그날의 신선하고 묘한 느낌은 아직도 생생하다.

책 한 권을 두고 난타전이 벌어졌다. 누군가의 이야기에 불쑥 반대 의견을 던지며 '싸우자'며 도전장을 던지는 것 같기도 했고, 이

내 논섬을 바꿔 유연하게 도론하는 것 같기도 했던 그날의 모습은 흡사 언어로 허공에서 외줄타기를 하는 기분이었다. 나 혼자만 아슬아슬했던 그 시간이 길어질수록 사람들의 목소리는 점점 더 커져 갔다. 하지만 커지는 그들의 목소리와 반대로 나는 나도 모르게 움츠러들고 있었다.

분명 한국말로 하는 이야기였음에도 중간 중간 나는 이야기의 흐름을 놓쳐 버렸고, 읽기는커녕 제목조차 처음 들어보는 책 제목과 작가의 이름이 사람들의 입에서 일상의 언어인 듯 경쟁적으로 쏟아져 나올 때면 그 모든 말들이 나를 향하는 것 같았다. 꼭 말로 얻어맞는 기분이었다.

말 좀 한다는 나였지만 그곳에선 시작 전 간단한 자기소개를 겸한 인사만을 입 밖으로 내어볼 뿐이었다. 그들만의 방언 터진 토론의 장, 꼭 난해한 다큐영화 한 편을 보고 돌아온 기분이었다.

'똑똑한 척하기는…….'

머리에 먹물 찬 사람들의 지식 경쟁의 장이라 생각하고 싶었다. 그렇게밖에 나를 위로할 수 없었다. 제법 말 잘한다고 생각하던 나는 온데간데없고 나의 무식을 여지없이 마주하고 온 날이었다.

그날의 새로운 경험이 나를 책 읽는 세상으로 이끌었다. 자기 생각을 당당하게 말하는 모습을 보며 잘난 척하는 거라 말하긴 했지만 내심 그 모습이 부러웠다. 사람들과 이야기하며 시간 보내기를 좋아하는 내가 사람들과의 대화 속에서 언어의 한계를 느끼는 순간은 생각보다 많이 있었다. 내 머릿속에 있는 내 생각임에도 불구하고 그것을 내 입으로 전하지 못할 때의 답답함은 이루 표현할 수 없다. 그럴 때마다 나는 친구들에게 말했다.

"초등학교를 다시 가야겠어. 국어공부를 다시 하든가 해야지 원."

분명히 전하고 싶은 말이 있는데, 단순히 '좋다, 나쁘다'로 끝낼 이야기가 아닌데 그렇게 밖에 끝낼 수 없는 내 짧은 어휘력을 확인할 때마다 답답함을 느끼던 나였다. 머리에선 선명하지만 입으로만 나오면 희미해져 공중으로 흩어져 버리는 내 생각, 내 느낌들. 말하기를 좋아하지만 제대로 하지 못하는 나에게 그날의 '말로 하는 난타전'은 신선한 충격이었다.

나를 데려갔던 친구도 이내 떠나버린 그곳에 혼자 참석하기 위해, 그리고 이 한마디를 해보기 위해 책을 읽기 시작했다.

"저도 그 책 읽었어요."

아마 이 한마디로 그들과 관계를 맺어보기 위해 나름의 노력이었으리라. 혼자 읽으면 그렇게 지겹고 재미없던 책이 대화의 매개가 된다고 생각하니 이전에는 볼 수 없었던 집중력이 생겨났고, 그 집중력 때문인지 생각보다 재미있었다. 책을 읽으며 '재미'를 느낀 것도 새로운 경험이었는데 그보다 더 놀라운 경험은 책을 읽고 난 다음이었다.

다시 찾은 모임에서 책을 읽으며 느낀 각자의 생각을 들을 때마다 '책에 그런 내용이 있었나?'라며 책을 뒤적이고 있는 나를 보게 되었다. 내가 읽은 책과 전혀 다른 이야기를 하는 사람들. 한 권의 책이 열 권의 책으로 변신하는 기적의 순간이었다. 그리고 돌아와 다시 읽은 책은 어제 내가 읽었던 책과 전혀 다른 책이 되어 있었다.

"이렇게 좋은 말들이 많았나? 왜 어젠 이 부분을 못 봤지?"

"아, 이렇게 생각할 수도 있는 거구나."

혼자 책을 읽으며 밑줄 긋고 감탄과 감동의 순간을 찾아내기 바빴다. 그리고 내 입에선 무지의 돌이 깨지는 탄식의 소리가 멈추지 않고 흘러 나왔다.

"아……."

그렇게 처음으로 재미없다 생각했던 책을 한 자리에서 뚝딱 읽어냈다. 온몸에 전율이 일었다.

'이게 책 읽는 즐거움이라는 거구나.'

늘 만나던 사람들만 만나던 내가 사람들과의 관계의 폭을 넓힌 결정적인 계기가 된 것이 바로 책이었다. 나는 책을 통해 사람을 만났고, 사람을 통해 책을 읽었다. 그때까지 나와 비슷한 사람들을 만나 공감과 편안함을 얻었다면, 이제는 다른 사람들을 만나 변화와 성장을 경험할 차례가 찾아온 것이다.

책을 통해 다른 사람을 만나는 즐거움을 알게 되며 일상에서 만나는 사람의 관계도 넓어졌다. 나와 다른 사람들이 불편했던 이전과 달리 책을 읽듯 사람을 배워나가는 것은 내 삶의 또 하나의 행복이었다.

또한 책은 내가 당장 만날 수 없는, 상상 속의 그 어떤 사람들도 만날 수 있게 해는 신기한 경험을 허락했다. 책을 읽으며 알았다. 책은 그저 좋은 말이 담긴 글자의 묶임이 아닌 한 사람과 같다는 것을.

책은 나를 지지하고 응원하는 부모이기도 했고, 손 뻗으면 언제나 닿을 거리에서 나를 기다려주는 친구이기도 했으며 나의 부족한 부분을 일깨우는 스승이기도 했다.

나는 그렇게 변함없이 한결같은 사람, 책을 만났다.

책에서 답을 얻고 길을 걷다

사람이 세상을 살아가는 모습을 보며 늘 놀라움을 느끼는 나이다. 어떤 날은 복사한 듯 너무나 비슷한 모습에 놀라고, 어떤 날은 신기할 만큼 너무나 달라 놀란다.

잠을 자고 일을 하고 밥을 먹고 사람들과 관계하며 살아가는 우리의 일상은 여느 사람들이라고 해서 크게 다르지 않을 텐데 평범한 일상의 연속에서 무언가를 이루어내는 사람들은 반드시 존재한다.

누구에게나 공평한 하루라는 시간을 살고, 그 하루를 들여다봐도 크게 다른 것 같지 않은 비슷한 일상인데 왜 누군가의 삶은 특별해지는 걸까?

어디서나 볼 수 있는 흔해 빠진 '꿈'이라는 단어가 나에게 특별해진 것은 그리 길지 않다. 사실 '꿈'이라는 단어를 말해 본 적이 별로 없다. 학생이었을 땐 꿈보다는 당장의 진로 문제가 눈앞을 가로막고 있었고, 학생이라는 신분을 내려놓고 나니 '꿈'이라는 단어는 학생들의 전유물인 것만 같았다.

나의 꿈을 생각해보기는커녕 '꿈'이라는 단어를 소리 내어 입 밖으로 말하는 것 자체가 이상하고 어색했다. 꿈이라는 단어를 만날 때마다 '식사'를 '맘마'라고 말하는, 마치 아이들의 언어를 쓰는 미성숙한 어른이 된 것 같은 기분이었다. 하지만 책을 읽기 시작하며 다른 단어이지만 의미는 상통하는 유사한 글들을 계속해서 만나게 되었다.

'꿈을 꾸라', '목표를 설정하라', '비전을 세워라', '삶의 가치를 발견하라' 등 보통사람들이 흔하게 쓰지 않는 말들이 책 속에서는 평범했다. 여느 책을 펼쳐도 약속이나 한 듯, 다른 말처럼 하지만 결국은 같은 이야기를 자꾸만 하고 있었다.

"알아, 이제 나도 안다고. 꿈을 꾸고 비전을 세우고 목표를 설정하면 이뤄진다는 거, 이제 나도 안다고."

책 속에 있는 얘기니까, 이미 성공한 니들이니까 그렇게 쉽게 얘기하는 거라고 투덜거렸지만 결국 꿈이라는 단어만으로도 어색했던 내가 꿈이 있어야 한다는 것을 인정한 순간이었다.

그렇게 희미하게나마 '꿈'이라는 단어를 내 삶에 들여놓았다. '꿈을 가져야지'라고 생각만 했을 뿐 내 꿈이 무엇인지 나도 알 수 없었다. 꿈 없이도 너무 잘 살아왔던 나였다.

'내 꿈은 이거야'라고 말하면 멋있어 보이긴 하지만 꿈이 없다고 해서 살아감에 큰 문제 되지 않는 것이 또한 꿈이라 생각했다. 이유는 알았으나 필요를 느낄 수 없었기에 내 삶의 우선순위에서 번번이 밀려나는 '꿈 찾기'였다. 책을 펼칠 때면 '꿈을 찾아야겠다.' 마음먹었다가 책을 덮으면 금세 일상으로 돌아오는 삶을 반복하고 있었다.

책을 읽고 책을 통해 사람을 만나며 천천히 나의 일상이 변해가고 있었다. 평범했던 삶이지만 특별히 부러운 것 없는 만족도 높은 삶을 살고 있었다. 또래에 비해 직장이나 급여도 안정적이었고 내 시기를 살 만큼 멋진 삶을 살아내는 사람도 보이지 않았다. 무난하고 비슷한 삶이라 생각했다. 하지만 일상이 변하고 만나는 사람들이 달라지며 내 속에도 질투가 생겨났다.

책 속의 세상을 현실로 끌어내어 일상으로 살아가는 사람들. 별다를 것 없는 일상에서 같은 듯 다르게 살아가는 사람들의 모습에서 아우라가 느껴졌다. 그들은 어느새 나의 동경의 대상이 되었다. 비슷한 평범한 일상을 특별하게 만드는 사람들을 만나며 알았다.

그들의 삶 가운데 책이 있음을. 책과 그들의 삶에는 '꿈'이라는 공통분모가 있다는 것을. 아직 찾지도 못한 꿈이었지만 '꿈을 찾아야겠다'라고 마음먹는 것만으로도 세상은 달라졌다.

먼저 책을 대하는 내 마음이 달라졌다. 삶과는 철저히 분리되었던 책이 삶으로 이어졌다. 남들보다 늦게 시작한 책 읽기였기에 오랜 시간 책을 읽어 온 사람들을 쫓아가기에 바빴다. 그동안의 독서는 '책을 읽어내는 것' 자체가 목적이었다. 하지만 꿈과 만난 책은 지식 쌓기에 급급해 글 읽기만을 하던 나를 천천히 변화시키고 있었다. 그렇게 다시 만난 책은 내가 나의 소리에 귀 기울이게 했다.

책을 읽으며 나와 비슷한 생각을 하고 살아가는 사람을 만나면 위로를 얻고 그의 삶을 통해 '어쩌면 나도 할 수 있겠다'라는 희망을 보기도 했고, 나와는 전혀 다른 삶을 사는 사람을 만날 때면 나보다 더 극한 상황에서도 굳건히 자신의 삶을 지키는 그들을 통해 용기와 끊임없는 도전정신을 배웠다.

책이 삶이 되는 순간 책은 세상 어떤 것보다 더 재미있는 놀이가 되었다. 이런 놀이를 많은 사람들과 함께하고 싶다는 생각이 들었다. 내가 책을 통해 세상을 만났고 변화하듯 내가 사랑하는 모두가 이런 경험을 공유하기를 바랐다.

내가 내 삶의 가치를 찾고 매일 눈 뜨는 것이 설렘이듯 내 곁에 있는 모든 사람들도 자신의 내일을 기대하고 가슴 떨렸으면 좋겠다는 생각에 소소한 나만의 도전들이 시작되었다. 그 도전들 속에는 언제나 사람들이 함께했고, 크고 작은 나만의 도전들을 통해 나는 내가 언제 행복한지 알게 되었다.

즐거움만 좇는 행복은 유효기간이 짧다. 가치만 좇는 행복은 내 삶이 평온할 때만 유지 가능했다. 나의 행복은 재미와 의미가 적절히 버무려져 있을 때 최상의 효과를 나타낸다. 나는 그것이 '사람'에게로 향했다. 그리고 나의 꿈이 되었다.

나는 사람들과 함께할 때 가장 재미있게 무언가를 할 수 있고 더불어 성장할 때 가장 가치 있음을 느낀다. 나의 행복은 즐거움과 의미가 만나는 접점 어딘가에 있다.

그렇게 나는 나의 소리를 내기 시작했다. 말로, 글로, 행동으로 나의 소리를 내기 시작하며 희미했던 꿈에 안개가 걷히기 시작했고 책을 읽으며 꿈을 구체화하고 사람을 만나며 선명해졌다.

책을 읽으며 위로를 받고 글을 통해 꿈을 찾아가는 나를 보며 나도 누군가에게 그런 사람이 되어주고 싶다 생각했다. 시공간을 넘어 사람의 관계에서 자연스럽게 징검다리가 되어 주는 글, 나의 삶을 통해 누군가의 삶을 위하고 응원하는 글, '나 같은 사람이 어떻게' 대신 나 같은 사람도 할 수 있다고 용기 주는 글을 쓰는 사람은 '용기 부여가'라는 삶의 비전을 세운 나에게 꿈을 이루는 하나의 길이 되었다.

평범한 삶이 특별해지는 방법, 그것은 꿈을 꾸는 것이었다. 꿈을 가슴에 품는 순간 오늘이 설레고 내일이 기대된다. 지루했던 매일이 새롭고 의욕이 샘솟는다. 꿈이 내 삶에 들이오면 실패를 두려워하며 손해를 계산해보기 전에 도전하는 순간순간을 기쁨을 먼저 상상하게 되고 어느새 그 과정을 즐기는 나를 발견하게 된다.

여느 사람들처럼 나에게도 꿈은 언제나 멀리 있는 것이었고, 쉽게 손에 쥘 수 없는 것이라 생각했다. 무수한 노력과 끊임없는 도전으로 생의 저 먼 어느 시점이 되어야 붙들 수 있는 것이 꿈이라 생각했다. 하지만 단 한 사람만은 거대하고 멀게 느껴지던 꿈이 거창하지 않아도 된다고 이야기 해주었고 다른 사람의 꿈을 좇으며 나의 오늘을 허비하지 말고, 나만의 꿈을 꾸라고 말해주었다.

모두들 큰 꿈을 이루기 위해, 더 나은 내일을 위해 오늘을 희생해야 한다 말할 때 작은 나만의 꿈도 똑같이 귀하다 말해주며 매일 꿈을 꾸며 행복한 오늘을 살아도 된다고 말해준 단 한 사람, 늘 조연 같은 내 삶에 나를 주인공으로 세워 나의 평범했던 일상을 특별한 날로 만든 그 사람 덕분에 나는 오늘을 살게 되었고, 꿈을 꾸며 주연으로 내 삶을 살 수 있게 되었다.

꿈은 찾았으나 사소한 사건과 이야기들에 쉽게 흔들릴 때도 언제나 내 곁을 지키며 한결같은 목소리로 나를 붙들어준 그 사람 덕분에 흔들리면서도 나는 꿈을 꿀 수 있다.

사람들은 안다. 책 안에 답이 있고, 그 속에 길이 있다는 사실을. 누구나 아는 흔한 진리이지만 그 답을 구하고 길을 찾는 사람은 많지 않다. 아마도 그것은 책과 삶을 분리했기 때문일 것이다. 책과 삶을 연장선에 올려놓고 책을 내 삶으로 받아들여 보자. 그렇게 나는 책을 통해 답을 구했고 길을 걷고 있다.

당신이 글을 읽는 지금, 이 순간이 바로 나에겐 답이고 길이다.

박혜정 l 책은 수다쟁이다. 내 질문에 대한 친절한 답은 물론 묻지 않은 내용까지 안내해준다. 유쾌한 수다쟁이 친구와 평생 함께 하고 싶다.

책 읽기를 권합니다

독서포럼 창원 나비에서 공저에 관한 제안을 처음 받았을 때 한 치의 망설임도 없이 거절했다. 여러 사람의 다양한 이야기를 한 권으로 묶는다는 것이 쉽지도 않을뿐더러, 개인 저서보다 상업성이 떨어진다는 현실도 무시할 수 없었기 때문이다.

수차례에 걸친 제안에 거듭 거절을 하다가 문득 그런 생각이 들었다.

'독서포럼 회원들의 이야기라면 많은 사람들에게 책 읽기를 전하는 계기가 될 수도 있지 않을까?'

콘셉트와 목차를 정했다. 사람들의 마음을 책으로 향하게 만들 수만 있다면 더없이 기쁜 작업이 될 수 있을 거라는 확신이 들었다.

공저 프로젝트에 참여한 예비저자들의 초고를 읽으면서 내 생각이 틀리지 않았다는 사실에 가슴 뿌듯했다. 독자들은 '읽고 싶다'는 마음이 들 것이고(욕구 자극), 실제 '책을 읽을 것'이며(실천), 나아가 글을 쓰게 될 것이다(확장).

독서에 관한 여러 가지 논쟁이 벌어지고 있다. 종이책의 운명, 스마트폰과 전자책의 대세, 지금 같은 시대에 책을 읽어야 할 필요성 자체에 대한 의구심……

결론부터 말하자면, 책은 지금도 앞으로도 영원히 변하지 않는 삶의 절대적인 필수 요소다. 한정된 개인의 삶의 경험을 넓혀 사고를 확장하고, 철학과 가치관을 정립할 수 있으며, 무엇보다 잠시 멈춤이라는 빨간 단추를 누를 수 있는 유일한 기회다.

이 책은, 대한민국 최대 독서포럼의 지역 모임 중 하나인 '창원 나비' 회원들의 이야기다. 책을 읽기 전 삶의 모습과 독서 후 변화된 자신과 가족들의 경험담을 솔직하게 드러냈다. 모두가 한결같이 말한다. 책을 읽고 난 후의 삶은 분명 이전과는 다르다고.

하늘에서 돈벼락을 맞았다는 물질적 이득과는 전혀 거리가 멀다. 깨닫고, 배우고, 성장하고, 발전했다. 책을 그만 읽겠다는 사람은 한 명도 없다. 더 읽고, 더 가까이하고, 더 나누겠다는 다짐들이다.

재미있는 영화를 보면 친구에게 권하고, 멋진 여행을 다녀온 사람들은 다시 가고 싶어 하며, 맛있는 음식을 먹으면 가족이 떠오른다. 책도 마찬가지다. 사랑하는 사람들에게 권하고 싶어진다. 이 책 한 번 읽어 보실래요?

개인적으로 혹독한 삶의 홍역을 치뤘다. 감옥에서 책을 읽었다. 살면서 처음 독서를 했다. 덕분에 다시 살아보겠다는 용기와 희망을 가졌다.

가장 저렴한 비용으로 살아가는 길을 찾고 인생의 조언을 구할 수 있는 유일한 방법이 독서다. 옳고 그름을 따질 만한 명제도 아니고, 읽어야 할지 말아야 할지 판단할 문제도 아니다. 매일 읽어야 하고, 반드시 읽어야 하며, 손에서 책을 놓아서는 안 된다.

오죽하면 지하철에서 책을 펼치면 주변 사람들의 눈치를 살펴야 하는 세상이 되었을까!

출판 시장이 어렵다는 얘기는 하루 이틀의 문제가 아니다. 다만, 시장이 어렵다는 말과 책의 존립 여부에 관한 논쟁은 전혀 별개다. 아무리 시장이 어려워도 읽는 사람은 여전히 눈에 불을 켜고 읽는다. 읽지 않는 사람들은 읽지 않는 이유를 수백 가지 말하지만, 읽는 사람들은 침묵한다. 다만 읽을 뿐이다.

이 책을 읽는 독자들은 세 가지를 가질 수 있다. 읽고 싶다는 절실한 갈증, 당장 책을 집어 읽게 되는 실천, 그리고 쓰게 되리라.
'책의 해'를 즈음하여, 책을 멀리하던 사람들이 이 책을 통해 독서를 시작하게 되었다는 후담이 들려오길 간절히 바란다.

이은대(자이언트 북 컨설팅 대표)